„Bücher sind wie Fallschirme. Sie nützen uns nichts, wenn wir sie nicht öffnen."

Gröls Verlag

Redaktionelle Hinweise und Impressum

Das vorliegende Werk wurde zugunsten der Authentizität sehr zurückhaltend bearbeitet. So wurden etwa ursprüngliche Rechtschreibfehler *nicht* systematisch behoben, denn kleine Unvollkommenheiten machen das Buch – wie im Übrigen den Menschen – erst authentisch. Mitunter wurden jedoch zum Beispiel Absätze behutsam neu getrennt, um den Lesefluss zu erleichtern.

Um die Texte zu rekonstruieren, werden antiquarische Bücher von Lesegeräten gescannt und dann durch eine Software lesbar gemacht. Der so entstandene Text wird von Menschen gegengelesen und korrigiert – hierbei treten auch Fehler auf. Wenn Sie ebenfalls antiquarische Texte einreichen möchten, finden Sie weitere Informationen auf www.groels.de

Viel Freude bei der Lektüre wünscht Ihnen das Team des Gröls-Verlags.

Adressen

Verleger: Sophia Gröls, Im Borngrund 26, 61440 Oberursel

Externer Dienstleister für Distribution & Herstellung: BoD, In de Tarpen 42, 22848 Norderstedt

Unsere „Edition | Werke der Weltliteratur“ hat den Anspruch, eine der größten und vollständigsten Sammlungen klassischer Literatur in deutscher Sprache zu sein. Nach und nach versammeln wir hier nicht nur die „üblichen Verdächtigen“ von Goethe bis Schiller, sondern auch Kleinode der vergangenen Jahrhunderte, die – zu Unrecht – drohen, in Vergessenheit zu geraten. Wir kultivieren und kuratieren damit einen der wertvollsten Bereiche der abendländischen Kultur. Kleine Auswahl:

Francis Bacon • Neues Organon • **Balzac** • Glanz und Elend der Kurtisanen • **Joachim H. Campe** • Robinson der Jüngere • **Dante Alighieri** • Die Göttliche Komödie • **Daniel Defoe** • Robinson Crusoe • **Charles Dickens** • Oliver Twist • **Denis Diderot** • Jacques der Fatalist • **Fjodor Dostojewski** • Schuld und Sühne • **Arthur Conan Doyle** • Der Hund von Baskerville • **Marie von Ebner-Eschenbach** • Das Gemeindekind • **Elisabeth von Österreich** • Das Poetische Tagebuch • **Friedrich Engels** • Die Lage der arbeitenden Klasse • **Ludwig Feuerbach** • Das Wesen des Christentums • **Johann G. Fichte** • Reden an die deutsche Nation • **Fitzgerald** • Zärtlich ist die Nacht • **Flaubert** • Madame Bovary • **Gorch Fock** • Seefahrt ist not! • **Theodor Fontane** • Effi Briest • **Robert Musil** • Über die Dummheit • **Edgar Wallace** • Der Frosch mit der Maske • **Jakob Wassermann** • Der Fall Maurizius • **Oscar Wilde** • Das Bildnis des Dorian Grey • **Émile Zola** • Germinal • **Stefan Zweig** • Schachnovelle • **Hugo von Hofmannsthal** • Der Tor und der Tod • **Anton Tschechow** • Ein Heiratsantrag • **Arthur Schnitzler** • Reigen • **Friedrich Schiller** • Kabale und Liebe • **Nicolo Machiavelli** • Der Fürst • **Gotthold E. Lessing** • Nathan der Weise • **Augustinus** • Die Bekenntnisse des heiligen Augustinus • **Marcus Aurelius** • Selbstbetrachtungen • **Charles Baudelaire** • Die Blumen des Bösen • **Harriett Stowe** • Onkel Toms Hütte • **Walter Benjamin** • Deutsche Menschen • **Hugo Bettauer** • Die Stadt ohne Juden • **Lewis Caroll** • *und viele mehr….*

Jonathan Swift

Ein Märchen von einer Tonne

Inhalt

Die Vorrede

Da die geistreichen Männer der Gegenwart so sehr zahlreich und scharfsinnig sind, scheinen die Grossen in Kirche und Staat der grauenhaften Besorgnis zu verfallen, diese Herren möchten während einer langen Friedenszeit Musse finden, Löcher in die schwachen Seiten der Religion und der Regierung zu reissen. Das zu verhindern, hat man letzthin viel Gedankenarbeit auf gewisse Pläne verwandt, wie man Kraft und Schärfe dieser furchtbaren Forscher von der Untersuchung und Aufklärung so heikler Punkte abwenden könne. Endlich haben sie einen Plan erkoren, den in die Wirklichkeit umzusetzen einige Zeit wie auch einigen Kostenaufwand erfordern wird. Da sich nun inzwischen durch die Erhebung neuer Witzeskräfte, bewehrt (wie zu fürchten steht) mit Feder, Tinte und Papier, die sich innerhalb einer Stunde in Broschüren und andre Angriffswaffen zum sofortigen Sturm verwandeln lassen, die Gefahr stündlich steigert, so hat man es als unbedingt notwendig erachtet, auf ein schnelles Auskunftsmittel zu sinnen, bis der grosse Plan ausgereift ist. Zu diesem Zweck hat vor einigen Tagen in einem Komitee ein wissbegieriger und gebildeter Beobachter die wichtige Entdeckung mitgeteilt, dass Seeleute, wenn sie einem Walfisch begegnen, eine leere Tonne auswerfen, um das Tier zu zerstreuen und davon abzubringen, dass es etwa das Schiff gewaltsam anfalle. Diese Parabel wurde sofort mythologisch erklärt; der Walfisch ist Hobbes „Leviathan", der mit allen Grundsätzen der Religion und der Regierung spielt; denn viele von ihnen sind hohl und trocken und leer, sie machen Lärm, sind hölzern und drehen sich immerfort; dies ist der „Leviathan", dem die fruchtbaren geistreichen Männer der Gegenwart ihre Waffen entlehnen sollen. Das gefährdete Schiff wird man leicht als sein altes Gegenbild, den Staat, erkennen. Wie aber die Tonne zu definieren sei, darüber erhoben sich Schwierigkeiten; schliesslich aber wurde nach langer Suche und Debatte der wörtliche Sinn gewahrt; und es wurde beschlossen, um diese Leviathane daran zu hindern, dass sie mit dem Staat (der schon an sich nur zu schwankend ist) spielen und Kurzweil treiben, sollten sie von diesem Spiel durch ein „Märchen von der Tonne“ abgelenkt werden. Und da man der Meinung war, dass meine Begabung nicht wenig in dieser Richtung liege, so wurde mir die Ehre zuteil, dass man mich mit dieser Aufgabe betraute.

Das ist die einzige Absicht bei der Veröffentlichung der folgenden Abhandlung, die, wie ich hoffe, jene unruhigen Geister ein paar Monate lang beschäftigen wird, bis jener grosse Plan vollkommen durchgearbeitet ist; doch scheint es mir angemessen, dem freundlichen Leser auch über diesen Plan einige Aufklärung zu geben.

Man hat die Absicht, eine grosse Akademie zu errichten, die neuntausendsiebenhundertunddreiundvierzig Menschen fasst; denn das ist nach mässiger Schätzung die ungefähre Anzahl der geistreichen Leute auf dieser Insel. Die nun sollen in die verschiedenen Schulen dieser Akademie verteilt werden und dort den Studien obliegen, zu denen ihr Genius sie am meisten drängt. Der Unternehmer selbst wird seine Vorschläge in möglichster Bälde veröffentlichen, und ich verweise den neugierigen Leser in allen Einzelheiten auf diesen Prospekt, um hier nur ein paar der wichtigsten Schulen zu erwähnen. Zunächst wird eine päderastische Schule mit französischen und italienischen Lehrern vorhanden sein; dann die Buchstabierschule, ein sehr geräumiger Bau; die Schule der Spiegel; die Schule des Fluchens; die Schule der Kritiker; die Schule des Speichelflusses; die Schule der Steckenpferde; die Schule der Poesie; die Schule der Kreisel; die Schule der Hypochondrie; die Schule des Spiels nebst vielen andern, die aufzuzählen zu langweilig wäre. In keine dieser Schulen wird irgend jemand aufgenommen, der nicht ein von zwei zuständigen Personen unterschriebenes Attest dafür beibringt, dass er ein geistreicher Mann ist.

Um aber auf den Ausgangspunkt zurückzukommen. Ich kenne die wichtigste Pflicht einer Vorrede recht wohl: wenn nur mein Genius imstande wäre, sie zu erfüllen. Dreimal habe ich meine Phantasie gezwungen, die ganze Runde meiner Erfindungsgabe zu durchlaufen, und dreimal ist sie leer zurückgekehrt; denn meine Erfindungskraft ist durch den folgenden Traktat vollkommen erschöpft. Anders steht es bei meinen erfolgreicheren modernen Brüdern; die werden keine Vorrede oder Widmung vorüberschlüpfen lassen, ohne einen auffälligen Zug zu bringen, der den Leser gleich am Eingang überrascht und wundervolle Erwartung dessen weckt, was folgen soll. Ein sehr geistreicher Dichter zum Beispiel verglich sich, als er sein Gehirn um etwas Neues anflehte, mit dem Henker, seinen Gönner aber mit dem Gehängten: das war insigne, recens, indictum ore alio. Als ich jenes notwendige und edle Studium durchmachte, hatte ich das Glück, viele solcher ausgezeichneten Züge zu finden; und ich will die Verfasser nicht dadurch schädigen, dass ich sie umpflanze. Ich habe nämlich bemerkt, dass nichts so empfindlich ist wie ein moderner Witz, und dass nichts beim Transport so leicht leidet. Manche Dinge sind heute ausserordentlich witzig, oder sie sind es bei nüchternem Magen, oder an dieser Stelle, oder um acht Uhr morgens, oder bei einer Flasche Wein, oder wenn Herr Wieheisstergleich sie sagt, oder auch an einem Sommermorgen; und durch die geringste Umstellung oder falsche Anwendung werden sie völlig vernichtet. So hat der Witz seine Wege und Waldpfade, von denen er nicht um Haaresbreite abweichen darf, wenn er nicht verloren gehn will. Die Modernen haben dieses Quecksilber mit vieler Kunst starr gemacht und es an Zeit, Ort und Person gebunden. Es gibt Scherze, die Covent-Garden nicht verlassen können; andre, die nur am Hyde Park Corner verständlich sind. Und wenn mich auch bisweilen der Gedanke schmerzlich berührt, dass all die schönen Stellen im folgenden Traktat mit dem ersten Wechsel des gegenwärtigen Schauplatzes ganz veralten und ihren Geschmack verlieren werden, so muss ich doch die Richtigkeit des gegenwärtigen Verfahrens anerkennen; denn ich kann mir nicht vorstellen, weshalb wir uns in Unkosten stürzen sollten, um kommenden Zeiten Witz zu liefern, da auch die vergangenen für uns keinerlei Vorräte aufgespeichert haben: damit spreche ich die Gesinnung der neusten und also der orthodoxesten Klügler und auch meine eigene aus. Da ich aber im höchsten Grade darauf bedacht bin, dass jeder gebildete Mensch, der an dem für diesen gegenwärtigen Monat August des Jahres 1697 berechneten Witz Gefallen findet, auch all dem Herrlichen im folgenden Traktat bis auf den Grund hinunter folgt, so halte ich es für angebracht, diesen allgemeinen

Grundsatz aufzustellen: Wer als Leser den Wunsch hat, den Sinn eines Autors gründlich zu erfassen, kann nichts besseres tun, als dass er sich in die Lebensverhältnisse und Lagen begibt, in denen der Verfasser sich bei allen wichtigen Stellen befand, während sie seiner Feder entflossen. Dadurch wird zwischen Leser und Verfasser ein Gleichgewicht, ein strenges Sichentsprechen der Gedanken hergestellt. Um nun den sorgfältigen Leser bei einer so heiklen Aufgabe zu unterstützen, soweit die Kürze es mir erlaubt, habe ich mich darauf besonnen, dass die scharfsinnigsten Stellen dieses Traktates fast alle in einer Bodenkammer im Bett erfunden wurden. Zu andern Zeiten hielt ich es (aus mir selbst am besten bekannten Gründen) für gut, meine Erfindungsgabe durch Hunger zu stärken; und allgemein gesprochen wurde das ganze Werk während einer langen Purganzkur und unter grossem Geldmangel begonnen, fortgeführt und beendet. Nun behaupte ich, dass der redliche Leser ganz ausserstande sein wird, mir an sehr vielen glänzenden Stellen zu folgen, wenn er nicht geruht, sich nach diesen Anweisungen instandzusetzen und vorzubereiten. Das stelle ich hier als mein wichtigstes Postulatum auf.

Da ich mich nun als ein sehr ergebener Diener aller modernen Formen bekannt habe, so fürchte ich, irgendein geistreicher Mann werde daraus einen Einwand wider mich ableiten, dass ich mich so tief in eine Vorrede verwickelt habe, ohne der Sitte gemäss wider die Fülle der Schriftsteller ein Geschrei zu erheben, über die sich die ganze Fülle der Schriftsteller mit soviel Recht beklagt. Ich habe gerade ein paar hundert Vorreden gelesen, in denen die Verfasser gleich zu Anfang von diesem ungeheuren Missstand zu reden beginnen. Ich habe einige Beispiele aufgehoben und will sie hier niederschreiben, soweit mein Gedächtnis sie zu behalten vermochte.

Eine beginnt: „Wer sich zum Schriftsteller macht, während die Presse wimmelt von usw."

Eine zweite: „Der Papierzoll vermindert die Zahl der Skribenten nicht, die die Welt tagtäglich verpesten usw."

Eine dritte: „Wenn jeder Möchtegern zur Feder greift, ist es sinnlos, in die Schranken zu treten usw."

Eine vierte: „Wer sieht, wieviel Schund in der Presse wimmelt, usw."

Eine fünfte: „Geehrter Herr, nur um Ihrem Befehl nachzukommen, wage ich mich in die Öffentlichkeit; denn wer möchte auf Grund geringerer Erwägungen unter den Pöbel der Skribenten gehn, usw."

Nun will ich zu meiner eigenen Verteidigung wider diesen Einwand zwei Worte sagen. Zunächst denke ich nicht daran, die Fülle der Schriftsteller als einen Schaden unsrer Nation anzusehn; denn ich habe an verschiedenen Stellen des folgenden Traktats emsig das gerade Gegenteil behauptet. Zweitens verstehe ich nicht, wie dieses Vorgehn gerecht sein kann; denn ich habe beobachten können, dass viele dieser gebildeten Vorreden nicht nur aus derselben Hand stammen, sondern sogar von denen, die sich in ihren verschiedenen Erzeugnissen am wenigsten konzis erwiesen. Darüber will ich dem Leser eine kurze Geschichte erzählen.

Ein Marktschreier hatte auf den Leicester-Fields eine grosse Menge um sich versammelt. Unter andern schrie ein dicker ungeschlachter Bursche im Gedränge unaufhörlich: „Himmel, was für ein schmieriger Pöbel! Bitte, ihr guten Leute, macht doch ein wenig Platz. Verdammt, was für ein Satan hat diese Bande zusammengestopft! Kreuzdonnerwetter! Was für ein Drängen! Lieber Freund, nimm Deinen Ellbogen fort!" Schliesslich konnte ein ehrlicher Weber, der in seiner Nähe stand, nicht mehr an sich halten. „Die Pest soll dich holen," sagte er, „du dicker Schmutzfink! Wer, in Teufels Namen, frag ich, macht das Gedränge auch nur halb so arg wie du? Merkst du denn nicht, zum Henker, dass du mit deinem Kadaver mehr Platz wegnimmst als fünf andre hier? Ist der Boden uns etwa verboten? Bring deinen Wanst auf einen vernünftigen Umfang und lass dich hängen und dann will ich wetten, dass wir für uns alle Platz haben."

Es gibt gewisse allgemeine Privilegien eines Schriftstellers, deren Nutzen, so hoffe ich, zu bezweifeln kein Grund sein wird; besonders soll man, wenn ich unverständlich werde, den Schluss ziehn, dass irgend etwas sehr Nützliches und Tiefes dahintersteckt, und ferner soll man annehmen, dass alle Worte oder Sätze, die gesperrt gedruckt sind, entweder an Witz oder Tiefe etwas ganz Ausserordentliches enthalten.

Wenn ich es für angebracht hielt, mir hin und wieder oder niemals die Freiheit zu nehmen und mich selber zu loben, so bin ich überzeugt, dass das keiner Entschuldigung bedarf, zumal sich eine Fülle grosser Vorbilder als ausreichende Entschuldigung darbieten. Denn es ist hier zu beachten, dass das Lob ursprünglich eine Pension war, die die Welt bezahlte; da aber die Modernen die Mühen und die Kosten der Eintreibung zu hoch fanden, so haben sie jüngst das Zinsgut losgekauft, und seit der Zeit steht das Präsentationsrecht ganz bei uns. Daher kommt es, dass der Schriftsteller, der sein eigenes Lob singt, eine ganz bestimmte Form anwendet, wenn er seinen Anspruch kund tut und verteidigt; es geschieht meist in diesen Worten: „Ich rede ohne Eitelkeit", oder ähnlich; und diese Förmlichkeit beweist, dass es sich um eine Sache des Rechts und der Gerechtigkeit handelt. Nun erkläre ich ein für allemal, dass in jedem derartigen Fall in dem folgenden Traktat vorbesagte Form implicite gemeint ist. Ich erwähne das, um mir die Mühe zu ersparen, dass ich sie bei so vielen Gelegenheiten jedesmal wiederholen muss.

Es ist für mein Gewissen eine grosse Beruhigung, dass ich irgendeine so durchgearbeitete und nützliche Abhandlung ohne die geringste Beimischung von Satire geschrieben habe; das ist der einzige Punkt, in dem ich mir die Freiheit genommen habe, mich von den berühmten Schriftstellern unsrer Zeit und unsres Landes zu unterscheiden. Ich habe beobachtet, dass manche Satiriker das Publikum etwa so behandeln, wie Pedanten einen unartigen Knaben behandeln, der zur Strafe auf dem Holzbock reiten muss: zunächst wird die Sache verweisend erörtert; dann wird über die Notwendigkeit der Rute geredet, wenn die Herausforderung gross genug ist; und schliesslich wird jeder Satz mit einem Hieb geschlossen. Wenn ich nun irgend etwas von den Menschen weiss, so könnten diese Herren sich ihren Tadel und ihre Züchtigung ersparen; denn es gibt in der ganzen Welt kein zweites so verhärtetes und empfindungsloses Glied, wie es der Hintere der Welt ist, ob man nun mit dem Fuss nach ihm trete oder die Birkenrute schwinge. Zudem scheinen die meisten unsrer jüngsten Satiriker in einem Irrtum zu leben, dem nämlich, dass, da die Nesseln das Vorrecht haben, zu brennen, auch alles andre Unkraut brennen muss. Ich ziehe diesen Vergleich keineswegs in der Absicht, diesen würdigen Schriftstellern zu nahe zu treten; denn es ist unter den Mythologen wohl bekannt, dass das Unkraut den Vorrang vor allem andern Grünzeug behauptet; und deshalb rodete auch der erste Monarch dieser Insel, dessen Geschmack und Urteilskraft so scharf und verfeinert waren, sehr weise die Rosen von der Ordenskette aus und pflanzte an ihre Stelle die Distel, denn sie ist von beiden die edlere Pflanze. Aus diesem Grunde vermuten die tieferen Altertumskenner, dass der satirische Hang, der in diesem Teil unsrer Insel so stark vorherrscht, zuerst über den Tweed zu uns kam. Hier möge er lange blühen und gedeihen; er möge die Verachtung der Welt mit ebensoviel Behagen und Geringschätzung überleben und missachten, wie die Welt sich nicht um seine Streiche kümmert. Ihr eigener Stumpfsinn oder der ihrer Partei schrecke die Schriftsteller nicht von weiteren Versuchen ab; doch sie mögen nicht vergessen, dass es mit geistreichen Leuten wie mit den Rasiermessern geht: sie schneiden die, an denen sie arbeiten, nie so leicht, wie wenn sie ihre Schärfe eingebüsst haben. Ausserdem sind jene, deren Zähne zu sehr verfault sind, um noch zu beissen, von allen am meisten befähigt, diesen Mangel durch ihren Atem auszugleichen.

Ich bin nicht wie andre Menschen, dass ich die mir unerreichbaren Talente neidisch verfolgen oder unterschätzen müsste; aus diesem Grunde muss ich dieser grossen Sekte unter den englischen Schriftstellern hohe Ehre erweisen. Und ich hoffe, dieser kleine Panegyrikus werde ihren Ohren nicht zuwider sein, zumal er den Vorzug hat, nur für sie selber bestimmt zu sein. Wahrlich, die Natur hat es so eingerichtet, dass Ehre und Ruhm durch die Satire wohlfeiler zu erkaufen sind als durch irgendwelche andern Erzeugnisse des Gehirns; denn die Welt wird durch Hiebe am schnellsten zum Lobe angestachelt, genau wie die Menschen zur Liebe. Ein alter Autor stellt das Problem auf, weshalb Widmungen und andre Schmeicheleien sich stets in schalen, schimmligen Thematen ergehen, ohne dass je irgend etwas Neues die geringste Tönung dazu gibt; und zwar nicht nur zur Qual und zum Ekel des einzelnen christlichen Lesers, sondern auch (wenn man sie nicht schnellstens eindämmt) zum allgemeinen Schaden, dieweil sie jene Seuche, die Lethargie, in dieser Insel verbreiten; wohingegen es wenig Satire gibt, die nicht irgend etwas enthielte, was zuvor noch nicht berührt worden ist. Die Mängel jener werden in der Regel dem Mangel an Erfindungsgabe unter denen zur Last geschrieben, die mit solcher Ware handeln; mir scheint aber, dass das zu einem grossen Teil ungerecht ist; die Lösung dürfte sich einfach und natürlich ergeben, denn da die Themata des Lobes wenig zahlreich sind, so sind sie längst erschöpft. Wie die Gesundheit nur ein Ding ist und es von jeher war, und wie die Krankheiten, nicht gerechnet den neuen und täglichen Zuwachs, nach Tausenden zählen, so lassen sich auch alle Tugenden, die es jemals unter den Menschen gegeben hat, an ein paar Fingern herzählen; aber die Narrheiten und Laster sind ohne Zahl, und mit jeder Stunde mehrt die Zeit den Haufen noch. Nun ist es schon das Aeusserste, was ein armer Dichter tun kann, dass er eine Liste der Kardinaltugenden auswendig lernt und sie einem Helden oder seinem Gönner mit höchster Freigebigkeit zuweist; er mag sie noch so viel umstellen und seine Phrasen variieren, bis es nicht mehr möglich ist: der Leser erkennt gar schnell, dass es alles Schweinefleisch ist, nur durch ein wenig Sauce unterschieden. Denn es ist unmöglich, über die Zahl unsrer Begriffe hinaus Kunstausdrücke zu erfinden; und wenn unsre Begriffe erschöpft sind, so sind es auch die Kunstausdrücke. Aber wäre auch der Stoff für die Lobreden ebenso ausgedehnt wie die Themen der Satire, so wäre es doch immer noch nicht schwer, einen zureichenden Grund dafür zu finden, dass die Satire stets besser aufgenommen wird als das Lob. Denn da das Lob nur einem einzelnen erteilt wird, oder höchstens gleichzeitig einigen wenigen, so weckt es sicherlich Neid, und also entlockt es den andern, die keinen Anteil an dem Segen haben, üble Worte. Die Satire aber, die sich gegen alle richtet, wird nie von einzelnen als Schimpf empfunden, da jeder einzelne sich erkühnt, sie nur auf andre zu beziehn und seinen eignen Anteil der Last auf die Schultern der Welt abwälzt, die breit und stark genug sind, sie zu tragen. In dieser Hinsicht habe ich bisweilen über den Unterschied zwischen Athen und England nachgedacht. Im attischen Staat war es das Privilegium und das angeborene Recht eines jeden Bürgers und Dichters, laut und öffentlich eine jede Persönlichkeit unter Namensnennung zu verhöhnen und auf der Bühne blosszustellen, und mochte sie auch die grösste Rolle spielen und Kreon, Hyperbolos, Alkibiades oder Demosthenes heissen; auf der andern Seite aber wurde das geringste verächtliche Wort gegen das Volk im allgemeinen sofort aufgegriffen und an den Verfassern gerächt, wie hoch sie auch durch Geburt oder durch Verdienste stehn mochten. In England aber ist es gerade umgekehrt. Hier darf man in aller Ruhe gegen die Menschheit vor aller Welt die höchste Beredsamkeit entfalten; man darf den Leuten sagen: sie seien sämtlich in die Irre gegangen, es gebe niemanden, der Gutes tue; wir leben in der Hefe aller Zeiten; Halunkerei und Atheismus seien epidemisch wie die Pocken und die Ehrlichkeit sei mit Astraea entflohen, nebst andern ebenso neuen wie beredten Gemeinplätzen, die die splendida bilis liefert. Und wenn man fertig ist, so wird das ganze Auditorium, statt beleidigt zu sein, einem danken als dem Verkünder kostbarer und nützlicher Wahrheit. Ja, noch mehr, man bringt nichts als seine Lungen in Gefahr, und man darf in Covent Garden wider Modeputz und Hurerei und einiges andre predigen; in White Hall wider den Hochmut, die Verstellung und die Bestechlichkeit; man kann Raub und Ungerechtigkeit in den Richterkollegien blossstellen und von einer städtischen Kanzel herab so wild wie man will wider Habgier, Heuchelei und Erpressung eifern: das ist nur ein Ball, den man hin und her wirft, und jedermann trägt einen Schläger bei sich, um den Ball von sich abzuschlagen und unter die andern zu werfen. Wollte dagegen einer das Wesen der Dinge so weit verkennen, öffentlich auch nur eine einzige Andeutung darüber fallen zu lassen, dass derundder die Hälfte der Flotte dem Hungertod weihte und den Rest vergiftete; darüber, dass derundder auf Grund der Prinzipien echter Liebe und Ehre keinerlei Schulden bezahlt, es sei denn für Dirnen und Spielverluste; darüber, dass Paris, von Venus und Juno bestochen, dieweil er keine der beiden Parteien verletzen möchte, den ganzen Prozess auf dem Richterstuhl verschlief; oder darüber, dass derundder Redner im Parlament wohldurchdachte, wenig sinnvolle und zwecklose Reden hält; wollte sich einer, so sage ich, erkühnen, in dieser Weise ins Einzelne zu gehen, so muss er erwarten, wegen eines Scandalum magnatum ins Gefängnis zu wandern, eine Anklageschrift zu erleben, wegen Verleumdung belangt und vor die Schranken des Hauses geschleppt zu werden.

Doch ich vergesse, dass ich mich weitläufig über ein Thema auslasse, das mich nichts angeht, da ich weder Talent noch Neigung zur Satire besitze. Andrerseits bin ich so völlig mit dem ganzen gegenwärtigen Lauf der menschlichen Dinge zufrieden, dass ich mehrere Jahre lang Stoff zu einem „Panegyrikus auf die Welt“ gesammelt habe; ihm denke ich einen zweiten Teil folgen zu lassen, der den Titel führt: „Eine bescheidene Verteidigung der Handlungsweise des Pöbels aller Zeiten“. Beide Schriften wollte ich ursprünglich als Anhang hinter der folgenden Abhandlung drucken; doch da ich sehe, dass mein Gemeinplatzsammelbuch sich weit langsamer füllt, als ich zu erwarten Grund hatte, so habe ich es vorgezogen, sie für eine andre Gelegenheit aufzusparen. Ausserdem hat mich an jenem Vorhaben ein häusliches Unglück gehindert; obwohl es jedoch sehr zeitgemäss wäre und ganz der modernen Art entspräche, den freundlichen Leser in alle Einzelheiten dieses Unglücks einzuweihen, und obwohl eine solche Einweihung auch sehr dazu beitragen könnte, dieser Vorrede die jetzt übliche Länge zu geben, denn der Regel nach sollte die Vorrede im Verhältnis um genau so viel dicker sein als der folgende Band dünner ist – so will ich doch den ungeduldigen Leser nicht länger in der Vorhalle warten lassen, und nachdem ich seinen Geist durch eine einleitende Abhandlung genügend vorbereitet haben werde, will ich ihn mit Freuden in die herrlichen Geheimnisse einführen, die dann folgen werden.

Erster Teil. Einleitung.

Wer den Ehrgeiz hat, sich in einer Menge Gehör zu erschaffen, muss mit unermüdlicher Mühe drängen und drücken und stossen und klettern, bis er sich zu einer gewissen Höhe über sie erhoben hat. Nun kann man bei allen Versammlungen, man mag sie noch so eng zusammenkeilen, beobachten, dass über den Köpfen Raum genug ist; die Schwierigkeit ist nur, wie man ihn erreichen soll; denn es ist ebenso schwer, aus der grossen Zahl zu entrinnen wie aus der Hölle.

> … … … evadere ad auras,
> Hic opus, hic labor est.

Zu diesem Zweck haben die Philosophen aller Zeiten den Ausweg eingeschlagen, dass sie gewisse Gebäude in die Luft hinein bauten; aber wie sehr solche Bauten früher auch in Brauch und Ruf standen und vielleicht sogar noch heute stehn, selbst jenen des Sokrates nicht ausgenommen, der sich in einem Korb hochwinden liess, um seiner Betrachtung zu Hilfe zu kommen, so scheint mir in aller Unterwürfigkeit doch, dass sie unter zwei Unbequemlichkeiten leiden. Erstens liegen die Fundamente zu hoch, und daher sind sie oft ausser Seh- und stets ausser Hörweite. Zweitens aber sind die Materialien sehr vergänglich, und daher hatten sie viel von der Unbill der Luft zu leiden, zumal in diesen nordwestlichen Regionen.

Deshalb bleiben, um dieses grosse Werk durchzuführen, nur drei Methoden, die mir denkbar scheinen; und da die Weisheit unsrer Vorfahren sich dessen in hohem Grade bewusst war, hat sie es, um alle strebsamen Abenteurer zu ermutigen, für gut befunden, drei hölzerne Gerüste zum Gebrauch jener Redner zu errichten, die ohne Unterbrechung lange reden wollen. Es sind die Kanzel, die Leiter und die Wandertribüne. Denn was die Gerichtsschranken angeht, so kann man sie, obwohl sie aus demselben Material bestehen und zum selben Zweck bestimmt sind, doch nicht eigentlich als viertes ehren; denn ihre tiefere und ebene Lage setzt sie beständiger Unterbrechung von den Seiten her aus. Selbst der Richtertisch kann, obwohl er bis zu einem gebührenden Grade aufgehöht ist, keinen besseren Anspruch machen, was seine Fürsprecher auch sagen mögen; denn wenn sie nur einmal untersuchen wollen, welches die ursprüngliche Absicht dieser Aufhöhung war und welche Einzelheiten oder Nebendinge bei dieser Absicht mitsprachen, so werden sie bald anerkennen, dass der gegenwärtige Brauch genau der ursprünglichen Einrichtung entspricht und dass beide zu der Etymologie des Namens stimmen, der in der phönizischen Sprache ein Wort von tiefer Bedeutung ist; er bezeichnet nämlich in buchstäblicher Deutung den Ort des Schlafes, im gewöhnlichen Sinn jedoch einen gut gepolsterten und mit Kissen versehenen Sitz für die Ruhe alter und gichtischer Glieder: senes ut in otia tuta recedant. Das Schicksal ist ihnen diese Vergeltung schuldig, dass sie, wie sie früher lange redeten, während andre schliefen, jetzt lange schlafen dürfen, während andre reden.

Wenn mir aber auch keine andern Gründe dafür ein fielen, die Schranken und den Richtersitz aus der Liste der Rednergerüste auszuschliessen, so würde es schon völlig genügen, dass ihre Zulassung eine Zahl stören würde, die ich aufzustellen entschlossen war, welche Beweisführung es mich auch kosten mochte. Damit ahme ich jene kluge Methode vieler andrer Philosophen und grosser Gelehrter nach, deren Hauptkunst in der Einteilung darin bestand, dass sie sich in irgendeine schöne mystische Zahl verliebten, die ihre Phantasie heilig machte, und zwar bis zu einem solchen Grade, dass sie den gewöhnlichen Verstand zwingen, sie in jedem Teil der Natur wiederzufinden; sie zwingen und schachteln und giessen jedes Genus und jede Species in ihre Grenzen hinein, indem sie einige wider ihren Willen paaren und andre, es koste was es wolle, daraus verbannen. Nun ist unter all den andern die tiefe Zahl *Drei* diejenige, die meine erhabenen Spekulationen am meisten beschäftigt hat, und zwar stets unter wunderbaren Entzückungen. Eben jetzt ist eine panegyrische Abhandlung von mir über diese Zahl in der Presse (und sie wird im nächsten Quartal erscheinen); darin habe ich durch die überzeugendsten Beweise nicht nur die Sinne und die Elemente unter ihr Banner gezwungen, sondern auch von ihren beiden grossen Rivalen *Sieben* und *Neun* mehrere Deserteure herübergelockt.

Nun ist das erste dieser Rednergerüste, sowohl der Reihenfolge wie der Würde nach, die Kanzel. Der Kanzeln gibt es auf dieser Insel mehrere Arten; ich schätze aber nur die aus dem Holz der Sylva Caledonia, die sich sehr gut mit unserm Klima verträgt. Wenn dieses Holz kurz vor dem Morschen steht, so ist das sowohl für die Klangwirkung wie auch aus andern, bald zu erwähnenden Gründen von Vorteil. In Grösse und Form hängt meiner Meinung nach der Grad der Vollkommenheit von möglichster Enge und Schmucklosigkeit ab; am besten ist sie ohne Dach (nach einer alten Regel sollte sie in jeder Versammlung, in der sie mit Recht benutzt wird, der einzige unbedeckte Sitz sein), denn so wird sie vermöge ihrer nahen Ähnlichkeit mit einem Schandpfahl stets gewaltige Wirkung auf die Ohren der Menschen üben.

Von den Leitern will ich nicht reden; selbst Ausländer haben zur Ehre unsres Landes bemerkt, dass wir in unserm Brauch und unserm Verständnis für dieses Gerüst alle andern Nationen übertreffen. Die aufklimmenden Redner verpflichten nicht nur ihr Auditorium während der angenehmen Rede, sondern auch die ganze übrige Welt, indem sie ihre Reden baldmöglichst veröffentlichen; denn in ihnen sehe ich den erlesensten Schatz unsrer britischen Beredsamkeit; und ich höre, jener würdige Bürger und Buchhändler, Herr John Dunton, hat von ihnen eine treue und mühsame Sammlung veranstaltet, die er in Kürze in zwölf mit Kupfern illustrierten Foliobänden zu veröffentlichen gedenkt: ein im höchsten Grade nützliches und eigenartiges und einer solchen Hand in jeder Hinsicht würdiges Werk.

Das letzte Rednergerüst ist die Wandertribüne, die mit grossem Scharfsinn sub Jove pluvio, in triviis et quadriviis errichtet wird. Sie ist der grosse Lehrstuhl der beiden andern, und ihre Redner werden bald den einen, bald den andern vorgezogen, je nach ihren Verdiensten, denn es besteht zwischen allen dreien ein strenger und beständiger Verkehr.

Aus dieser genauen Darlegung erhellt, dass, um in der Öffentlichkeit Gehör zu erlangen, notwendig eine erhöhte Stellung erforderlich ist. Aber obwohl dieser Punkt allgemein anerkannt wird, herrscht doch inbezug auf die Gründe nur wenig Übereinstimmung; und mir scheint, dass nur sehr wenig Philosophen eine der Wahrheit entsprechende, natürliche Erklärung für diese Erscheinung gefunden haben. Die tiefste Erklärung und die am besten verdaute von allen, denen ich je begegnet bin, ist diese: da die Luft ein schwerer Körper ist und also (nach dem System des Epikur) beständig niedersinkt, so muss sie noch um so schwerer sein, wenn sie mit Worten beladen ist und von ihnen niedergedrückt wird; denn auch sie sind Körper von grossem Gewicht und gewaltiger Schwerkraft, wie es erhellt aus dem tiefen Eindruck, den sie auf uns machen und in uns hinterlassen; und also müssen sie aus gebührender Höhe gesprochen werden, weil man sie sonst nicht genau auf ihr Ziel richten kann und sie selbst nicht mit der genügenden Kraft zu Boden fallen.

> Corpoream quoque enim vocem constare fatendum est,
> et sonitum, quoniam possunt impellere sensus.
>
> *Lucretius, lib. 4.*

Und ich bin um so eher bereit, dieser Vermutung beizustimmen, als in den verschiedenen Versammlungen dieser Redner die Natur selber die Hörer lehrt, mit offenem und zu einer Parallele des Horizonts erhobenem Munde dazustehn, so dass eine Senkrechte vom Zenith nach dem Mittelpunkt der Erde ihn scheidet. Wenn das Auditorium in dieser Stellung recht dicht gedrängt steht, so trägt ein jeder etwas nach Hause, und wenig oder nichts geht verloren.

Ich gebe zu, dass unsre modernen Theater in Anlage und Bau noch mehr verfeinert sind. Denn erstens liegt das Parterre tiefer als die Bühne, was der oben nachgewiesenen Einrichtung entspricht; und so oft von oben herab gewichtige Dinge geredet werden (seien sie nun Blei oder Gold), so fallen sie, plumps, gewissen Kritikern (so, denke ich, nennt man sie) zwischen die Kiefern, die weit auseinander gesperrt sind, um sie zu verschlingen. Dann sind rings aus Rücksicht für die Damen in gleicher Höhe mit der Bühne die Logen angelegt; denn jener grosse Vorrat an Witz, der aufgewandt wird, um einen Kitzel zu wecken, läuft, wie man beobachtet hat, ziemlich stets in gleicher Höhe und immer im Kreise. Die winselnden Leidenschaften und kleinen, verhungerten Einfälle wellen vermöge ihrer eigenen Leichtigkeit sanft in die mittlere Region empor und erstarren und gefrieren am eisigen Verstand ihrer Bewohner. Bombast und Hanswursterei, die von Natur luftig und leicht sind, schwingen sich von allem am höchsten empor, und sie würden sich im Dach verlieren, wenn nicht der kluge Baumeister für sie in trefflicher Erkenntnis einen vierten Platz, der die Zehngroschengalerie genannt wird, vorgesehen und eine passende Kolonie dorthin verpflanzt hätte, die sie in ihrem Fluge gierig auffangen.

Nun enthält dieses physiko-logische System der Rednerbehältnisse oder Gerüste ein grosses Geheimnis; denn es ist ein Typus, ein Zeichen, ein Emblem, ein Schatten, ein Symbol, das dem geräumigen Staat der Schriftsteller und den Methoden entspricht, durch die sie sich zu einer bestimmten Höhe über die untere Welt erheben müssen. Durch die Kanzel werden die Schriften unsrer modernen Heiligen in Grossbritannien schattenhaft angedeutet, wie sie sie aus der Spreu und der Roheit der Sinne und der menschlichen Vernunft heraus vergeistigt und destilliert haben. Das Material ist, wie wir schon sagten, vermorschtes Holz, und zwar aus zwei Gründen; erstens ist es eine Eigentümlichkeit morschen Holzes, im Dunkeln zu leuchten, und zweitens stecken all seine Höhlungen voller Würmer; und das ist ein Symbol mit zwei Handhaben, denn es entspricht den beiden Haupteigenschaften des Redners und den beiden verschiedenen Schicksalen, die seiner Werke harren.

Die Leiter ist ein passendes Symbol für die Parteisucht und die Dichtung, denen beiden eine so stolze Anzahl von Schriftstellern ihren Ruhm verdankt. Für die Parteisucht, weil

(Lücke im Manuskript.)

‚für die Dichtung, weil ihre Redner mit einem Liede „perorant"; und weil das Verhängnis sie, wenn sie langsam emporklimmen, sicherlich abwirft, ehe sie noch der Spitze bis auf wenige Sprossen nahe kamen; und schliesslich, weil sie eine Beförderung bedeutet, die erreicht wird durch Übertragung des Eigentums und durch die Verwechslung des meum und tuum.

Mit der Wandertribüne sind jene Erzeugnisse gemeint, die bestimmt sind für das Vergnügen und das Entzücken des sterblichen Menschen, als da sind: Groschenwitze, Westminsterulke, köstliche Märchen, vollkommene Spassmacher und dergleichen Dinge mehr, durch die die Schriftsteller der Grub Street in unserm Jahrhundert so stolz über die Zeit triumphierten, der sie die Flügel beschnitten, die Nägel kappten, die Zähne abfeilten, das Stundenglas umstiessen, die Sense stumpf machten und die Zwecken aus den Schuhen zogen. Unter diese Klasse masse ich mir an, auch den gegenwärtigen Traktat einzureihen, da ich erst eben die Ehre hatte, als Mitglied unter jene erlauchte Brüderschaft aufgenommen zu werden.

Nun ist es mir nicht unbekannt, das die Erzeugnisse der Grub-Street-Brüderschaft in den letzten Jahren unter allerlei Vorurteilen zu leiden hatten, und dass zwei junge, emporgekommene Gesellschaften beständig bemüht waren, sie und ihre Schriftsteller als ihrer fest gegründeten Stellung in der Republik des Witzes und der Gelehrsamkeit unwürdig lächerlich zu machen. Ihr eigenes Gewissen wird ihnen leicht sagen, wen ich meine; auch ist die Welt als Zuschauer nicht so nachlässig gewesen, dass sie nicht gleichfalls bemerkt hätte, welche beständigen Anstrengungen die Kreise Greshams und Wills gemacht haben, sich einen Namen und einen Ruf auf den Trümmern des unsern aufzubauen. Und dies trifft uns um so schmerzlicher sowohl in unserm Herzen wie in unsrer Rechtsempfindung, wenn wir ihr Verfahren nicht nur als ungerecht, sondern auch als undankbar, pflichtwidrig und unnatürlich ansehn. Denn wie kann die Welt oder können sie selbst es vergessen (von unserm eigenen Gedenken, das in diesem Punkt voll und deutlich spricht, ganz abgesehen), dass beide Pflanzschulen sind, die wir nicht nur säten, sondern auch bewässerten? Ich höre, unsre beiden Rivalinnen haben jüngst den Vorschlag gemacht, mit vereinten Kräften in die Schranken zu treten und uns zu einem Büchervergleich, sowohl nach Gewicht wie Anzahl, herauszufordern. Darauf gebe ich (mit Erlaubnis unsres Präsidenten) in aller Demut zwei Antworten; erstens sagen wir: der Vorschlag gleicht jenem, den Archimedes in einer geringeren Sache machte: er schliesst in der Durchführung eine Unmöglichkeit ein; denn wo wollen sie Wagen finden, die das Gewicht zu messen vermöchten, und wo einen Rechenkünstler, der die Zahl zählen könnte? Zweitens sind wir bereit, die Herausforderung anzunehmen, doch nur unter der Bedingung, dass eine dritte unparteiische Persönlichkeit bezeichnet wird, deren unbeeinflusstem Urteil die Entscheidung darüber anheimgestellt wird, welcher Gesellschaft jedes Buch, jede Abhandlung und jede Broschüre am ehesten angehört. Denn darüber herrscht, weiss Gott, gegenwärtig keinerlei Klarheit; und wir sind bereit, eine Liste über mehrere Tausend aufzustellen, die nach allem Recht unsrer Brüderschaft zugeschrieben werden müssten, die aber von den rebellischen und neumodischen Schriftstellern höchst verräterischer Weise den andern beigezählt werden. Wir halten es für höchst unvereinbar mit unsrer Vorsicht, die Entscheidung darüber den Verfassern selber zu überlassen, da unsre Gegner durch Intrigen und Kabalen einen so allgemeinen Abfall von unsrer Partei herbeigeführt haben, dass bereits der grössere Teil von uns zu ihnen übergegangen ist; ja, unsre nächsten Freunde beginnen schon, beiseite zu treten, als schämten sie sich halbwegs, sich zu uns zu bekennen.

Mehr über dieses unangenehme und melancholische Thema zu sagen, bin ich nicht ermächtigt, denn wir haben eine starke Abneigung dagegen, einen Streit, dessen Fortdauer für unser aller Interessen so verhängnisvoll ist, noch anzufachen, sondern wünschen vielmehr, dass die Dinge in Güte beigelegt werden. Wir unsrerseits wollen den andern so weit entgegenkommen, als wir bereit sind, die beiden verlorenen Söhne mit offenen Armen wieder aufzunehmen, sobald sie es für angebracht halten, von ihren Trebern und Huren nach Hause zurückzukehren. Und nach dem gegenwärtigen Gang ihrer Studien, scheint mir, kann man mit vollem Recht bereits sagen, dass sie schon dabei sind; und gleich einem nachsichtigen Vater bewahren wir ihnen unsre Liebe und unsern Segen auf.

Doch die schlimmste Lähmung des allgemeinen Eingangs, den die Schriften unsrer Gesellschaft früher fanden, ist (nächst der Vergänglichkeit aller Dinge unter dem Monde) der Hang zur Oberflächlichkeit unter vielen Lesern der Gegenwart, die sich nicht wollen überreden lassen, unter die Oberfläche und Rinde der Dinge vorzudringen; während doch die Weisheit ein Fuchs ist, der einem nach langer Jagd auch noch die Mühe macht, dass man ihn ausgraben muss. Sie ist ein Käse, der, je fetter er ist, auch eine um so dickere, derbere und gröbere Rinde hat, während für einen urteilsfähigen Gaumen die Maden das beste an ihm sind. Sie ist ein Sektmolken: je tiefer man trinkt, um so süsser wird er. Die Weisheit ist eine Henne, deren Gackern wir schätzen und beachten müssen, weil es von einem Ei begleitet wird; schliesslich aber ist sie eine Nuss: wenn man nicht mit Verstand auswählt, so kann sie einen einen Zahn kosten und belohnt einen nur mit einem Wurm. Infolge dieser gewichtigen Wahrheiten haben die Grubäischen Weisen es sich stets zur Regel gemacht, ihre Lehren und ihre Künste im Gefährt der Symbole und Fabeln verschlossen zu übermitteln; und da sie sie vielleicht sorgfältiger und merkwürdiger ausschmücken wollten, als unbedingt notwendig war, so ist es diesen Fahrzeugen ergangen, wie es allzuschön bemalten und vergoldeten Kutschen immer geht: dem flüchtigen Zuschauer ist das Auge so geblendet, und ihre Phantasie ist von dem äusseren Glanz so angefüllt, dass sie weder die Erscheinung noch die Begabung des Eigentümers im Innern mehr beachten noch erwägen: ein Missgeschick, dem wir uns ein wenig weniger widerstrebend fügen, als wir es mit Pythagoras, Aesop, Sokrates und andern unsrer Vorgänger teilen.

Auf dass jedoch weder die Welt noch wir selber länger durch solche Missverständnisse leiden, so habe ich mich nach vielem Drängen meiner Freunde bewegen lassen, eine vollständige und mühsame Abhandlung über die vornehmsten Erzeugnisse unsrer Gesellschaft einzufügen; die enthalten, abgesehen von ihrem schönen Äussern, das bestimmt ist zur Befriedigung oberflächlicher Leser, dunkel und tief in sich selber verborgen, die vollendetsten und durchgebildetsten Systeme aller Wissenschaften und Künste; und ich zweifle nicht, dass ich sie durch ein Entwirren oder Aufwinden klar legen werde, indem ich sie entweder vermöge des Ausschöpfens zu Tage fördere oder vermöge eines Einschnitts enthülle.

Dieses grosse Werk wurde vor einigen Jahren begonnen, und zwar von einem unsrer hervorragendsten Mitglieder; er begann mit der Geschichte Reinekes, des Fuchses, doch erlebte er weder die Veröffentlichung seines Versuchs, noch konnte er sein so nützliches Unternehmen fortsetzen. Das ist sehr zu beklagen, weil die Entdeckung, die er machte und seinen Freunden mitteilte, heute allgemein anerkannt ist; auch glaube ich nicht, dass irgend einer der Gelehrten behaupten wird, die berühmte Abhandlung sei etwa nicht ein vollständiger Corpus aller Laienwissenschaft und die Offenbarung oder besser, die Apokalypse aller Arcana. Der Fortschritt aber, den ich gemacht habe, ist weit grösser; denn ich habe bereits meine Anmerkungen zu mehreren Dutzend beendet; und aus einigen will ich dem redlichen Leser ein paar Andeutungen geben, soweit es nämlich für das Verständnis der Schlussfolgerung nötig sein wird, auf die ich lossteuere.

Das erste Werk, das ich behandelt habe, ist die Geschichte Däumlings, deren Verfasser ein pythagoräischer Philosoph war. Diese dunkle Abhandlung enthält das ganze System der Seelenwanderung, indem es die Reise der Seele durch all ihre Phasen beschreibt.

Das nächste ist der Doktor Faust, geschrieben von Artephius, einem Autor bonae notae und einem Adeptus; er veröffentlichte es im neunhundertvierundachtzigsten Jahre seines Lebens; dieser Schriftsteller befolgt das Verfahren der Reinkrudation oder das der via humida; und die Hochzeit zwischen Faust und Helena erläutert aufs deutlichste die Gärung des männlichen und weiblichen Drachens.

Whittington und seine Katze ist das Werk jenes geheimnisvollen Rabbi Jehuda Hannasi; es enthält eine Verteidigung der Gemara der jerusalemitischen Mischna und legt im Gegensatz zur verbreiteten Anschauung dar, wie sehr sie vor der Babylons den Vorzug verdient.

Die Hindin und der Panther. Dies ist das Meisterwerk eines berühmten, noch lebenden Schriftstellers, gedacht als vollständiger Abriss der Lehre von sechzehntausend Begründern von Schulen, von Scotus an bis zu Bellarmin.

Tömmchen Potts. Ein weiteres Werk, das vermutlich von der gleichen Hand stammt und jenes erste fortsetzt.

Die Weisen von Schilda, cum appendice. Dies ist eine Abhandlung von unermesslicher Gelehrsamkeit, denn es ist der grosse Ursprung und Quell all jener Argumente, die in Frankreich wie in England vorgebracht werden, um die Gelehrsamkeit und den Witz der Modernen wider die Anmassung, den Hochmut und die Unwissenheit der Alten zu verteidigen. Der unbekannte Verfasser hat den Gegenstand so sehr erschöpft, dass ein scharfsichtiger Leser leicht erkennen wird, wie sehr alles, was seither über diese Streitfrage geschrieben wurde, nur Wiederholung ist. Ein kurzer Abriss dieser Abhandlung ist jüngst von einem würdigen Mitglied unsrer Gesellschaft veröffentlicht worden.

Diese Notizen werden dem gelehrten Leser vielleicht eine Vorstellung und einen Vorgeschmack davon geben, was vermutlich das ganze Werk bringen wird; denn ich habe all mein Denken und meine Studien jetzt in ihm umrissen, und wenn ich es vollenden kann, bevor ich sterbe, so werde ich den Rest eines unglücklichen Lebens für wohl angewendet halten. Es ist das freilich mehr, als ich vernünftigerweise von einem Federkiel erwarten kann, der im Dienste des Staates bis auf die Seele abgeschrieben wurde: nämlich in Pros und Contras über papistische Umtriebe, Mehlfässer und Ausschlussgesetze und über passiven Gehorsam, in Adressen über Leben und Habe, Kronrecht und Eigentum und Gewissensfreiheit und in Briefen an einen Freund; es ist mehr als ich erwarten kann von einem Verstand und Bewusstsein, die fadenscheinig und zerfetzt geworden sind durch beständiges Hin- und Herwenden: von einem Kopf, der an tausend Stellen durch die Bosheit gegnerischer Parteien durchlöchert ist; und von einem Körper, der zugrunde gerichtet wurde von schlecht verheilten Pocken und vom Vertrauen auf Kuppler und Ärzte, die (wie sich später herausstellte) meine und der Regierung eingestandene Feinde waren, und die ihren Parteihass an meiner Nase und meinen Schienbeinen ausliessen. Einundneunzig Broschüren habe ich unter drei Regierungen geschrieben und im Dienste von sechsunddreissig Parteien. Da ich aber sehe, dass der Staat ferner mich und meine Feder nicht mehr nötig hat, so ziehe ich mich gern zurück, um sie für Spekulationen zu benutzen, die einem Philosophen besser anstehn; denn ich habe zu meinem unaussprechlichen Trost ein langes Leben mit einem jeder Schuld baren Gewissen hinter mir.

Um aber wieder zur Sache zu kommen, so bin ich überzeugt, dass die kurze Probe, die ich gegeben habe, für den redlichen Leser auch all die andern Erzeugnisse unsrer Gesellschaft von den Verleumdungen reinigen wird, die, wie klärlich erhellt, nur aus Neid und Unwissenheit ausgestreut worden sind, als wären sie für die Menschheit von keinem andern Wert oder Nutzen ausser dem, dass sie durch ihren Witz oder ihren Stil unterhalten; denn Witz und Stil ist ihnen, dessen bin ich gewiss, selbst von unsern schärfsten Gegnern noch niemals abgestritten worden; und in beiden Dingen bin ich, genau wie in den tieferen und mystischeren Seiten durch diese ganze Abhandlung hin den anerkanntesten Originalen genau gefolgt. Und um alles ganz zu vervollkommnen, so habe ich es mit grosser Überlegung und viel geistiger Mühe so eingerichtet, dass der Haupttitel, der ihr vorangestellt ist (ich meine den, der sie in den Gesprächen des Hofes und der Stadt bezeichnen soll), genau der unsrer Gesellschaft eigenen Weise nachgeahmt wurde.

Ich gestehe, dass ich mit den Titeln ein wenig freigebig gewesen bin, denn ich habe beobachtet, dass es unter gewissen Schriftstellern, die ich im höchsten Grade verehre, Brauch ist, ihrer so viel zu geben wie nur möglich. Und es scheint mir in der Tat nicht unangemessen zu sein, dass auch Bücher, die Kinder des Gehirns, die Ehre geniessen, mit einer

Vielheit von Namen getauft zu werden, genau wie andre Kinder aus gutem Hause. Unser berühmter Dryden ist noch einen Schritt weiter gegangen, indem er sich bemühte, auch eine Vielheit von Gottvätern einzuführen, und das ist eine Neuerung, die aus sehr handgreiflichen Gründen von noch weit grösserem Nutzen ist. Es ist schade, dass diese wundervolle Entdeckung nicht mehr gepflegt worden ist, so dass sie mittlerweile allgemeine Nachahmung fände, zumal eine solche Autorität als Präzedenzfall dient. Daher hat es denn auch nicht an meiner Bemühung gefehlt, ein so nützliches Beispiel zu fördern; aber es scheint, als sei der Beruf eines Gottvaters in der Regel mit unglücklichen Kosten verbunden, was mir, wie man leicht glauben kann, völlig entfallen war. Woran es lag, kann ich mit Sicherheit nicht sagen; aber nachdem ich eine Welt von Mühe und Gedanken darauf verwendet hatte, meine Abhandlung in vierzig Teile zu spalten, bat ich vierzig mir bekannte grosse Herren um die Ehre ihrer Gönnerschaft, und sie alle machten es sich zur Gewissenssache, mir ihre Entschuldigung zu schicken.

Zweiter Teil. Das Märchen von einer Tonne.

Einst lebte ein Mann, der hatte von einem einzigen Weibe und aus einer einzigen Geburt drei Söhne; und selbst die Hebamme konnte nicht mit Gewissheit sagen, welcher der älteste war. Ihr Vater starb während ihrer Kindheit, und auf seinem Sterbebett rief er die Knaben zu sich und sprach also zu ihnen:

„Meine Söhne; da ich mir keine Ländereien erworben und auch keine ererbt habe, so habe ich lange über ein paar gute Vermächtnisse nachgedacht, die ich euch hinterlassen könnte; und schliesslich habe ich mir unter grosser Mühe und grossen Kosten für einen jeden von euch (hier sind sie) je einen neuen Rock verschafft. Nun müsst ihr wissen, dass diese Röcke zwei Tugenden haben; die eine besteht darin, dass sie, wieviel ihr sie auch tragen mögt, euer Leben lang schön und heil bleiben werden; die andre darin, dass sie mit eurem Leibe wachsen: sie werden von selber länger und weiter werden, so dass sie euch immer passen. Kommt, lasst mich sehn, wie ihr sie anlegt, ehe ich sterbe; so; also schön; bitte, Kinder, haltet sie sauber und bürstet sie oft. Ihr werdet in meinem Testament (hier ist es) in jeder Einzelheit volle Anweisung finden, wie ihr eure Röcke tragen und behandeln sollt; ihr müsst darin sehr genau sein, um die Strafen zu vermeiden, die ich auf jede Übertretung und Vernachlässigung gesetzt habe, und euer künftiges Gedeihen wird einzig davon abhängen. Ich habe in meinem Testament auch angeordnet, dass ihr wie Brüder und Freunde in einem Hause beisammen leben sollt, denn dann werdet ihr gedeihen, sonst aber nicht."

Hier, so sagt die Geschichte, starb der gute Vater, und die drei Söhne zogen mitsammen hin, um ihr Glück zu suchen.

Ich will den Leser nicht damit belästigen, dass ich die Abenteuer erzähle, die ihnen während der ersten sieben Jahre widerfuhren; und ich will nur bemerken, dass sie ihres Vaters Willen genau befolgten und ihre Röcke gut in Ordnung hielten; sie reisten durch allerlei Länder, stiessen mit einer angemessenen Anzahl von Riesen zusammen und erschlugen gewisse Drachen.

Da sie nun mittlerweile in die Jahre kamen, um sich auch zu zeigen, so zogen sie in die Stadt und verliebten sich in die Damen; vor allem in drei, die um jene Zeit grosses Ansehn genossen; es waren die Frau Herzogin von Geldern, Frau von Hohentiteln und die Gräfin von Stolz. Bei ihrem ersten Auftreten fanden unsre drei Abenteurer einen sehr schlechten Empfang; und da sie mit grossem Scharfsinn gar bald die Gründe errieten, begannen sie sich schnell in den guten Eigenschaften der Städter zu vervollkommnen: sie schrieben und spotteten, reimten und sangen und sprachen und sagten nichts; sie tranken und fochten und hurten; sie schliefen und fluchten und schnupften Tabak; sie gingen bei der Premiere in die neuen Schauspiele, verkehrten in den Schokoladenhäusern, schlugen die Wachen, legten sich einen Wanst zu und holten sich Prügel; sie prellten Droschkenkutscher, machten bei Händlern Schulden und schliefen bei deren Weibern; sie erschlugen Büttel, stiessen Fiedler die Treppen hinunter, assen bei Locket und lungerten bei Will herum; sie sprachen vom Salon und betraten ihn nie; sie speisten mit grossen Herrn, die sie niemals sahen; sie flüsterten von Herzoginnen und hatten kein Wort mit ihnen gewechselt; sie gaben das Gekritzel ihrer Wäscherinnen als Liebesbriefe vornehmer Damen aus; sie kamen stets gerade vom Hofe und wurden dort niemals gesehn; sie gingen sub dio zum Lever, lernten in der einen Gesellschaft eine Liste von Pairs auswendig und sagten sie in einer andern mit grosser Vertraulichkeit her. Vor allem aber verkehrten sie beständig mit jenen Parlamentskommissionen, die im Sitzungssaal schwiegen, aber im Kaffeehaus um so lauter schrien; denn dort tagten sie allnächtlich, um die Politik wiederzukäuen; und sie waren umringt von einem Kreise der Jünger, die auf der Lauer lagen, um ihre Brosamen aufzufangen. Die drei Brüder hatten sich noch vierzig weitere Befähigungen derselben Art beigelegt, die aufzuzählen zu langweilig wäre, und also galten sie in der Stadt als die vollendetsten Kavaliere; doch all das wollte noch nicht genügen, und vorbenannte Damen blieben unbeugsam. Um diese Schwierigkeit zu erklären, muss ich mit des Lesers Urlaub und Geduldung auf einige gewichtige Punkte zu sprechen kommen, die die Autoren jener Zeit nicht zur Genüge aufgeklärt haben.

Denn um diese Zeit begab es sich, dass eine Sekte erstand, deren Glaubenssätze weite Verbreitung und viel Anklang fanden, zumal in der grande monde und unter den eleganten Leuten. Sie beteten zu einer Art Idol, das nach ihrer Lehre den Menschen durch eine Handwerksverrichtung tagtäglich neu schuf. Dieses Idol stellten sie in den obersten Regionen des Hauses auf einen um etwa drei Fuss auf gehöhten Altar. Man zeigte es in der Haltung eines persischen Kaisers, mit untergeschlagenen Beinen auf einer Platte sitzend. Dieser Gott hatte eine Gans zum Attribut; daher es auch kommt, dass manche Gelehrte ihn von Jupiter Capitolinus ableiten wollen. Zu seiner linken Hand schien sich unter dem Altar die Hölle zu öffnen und nach den Tieren zu greifen, die der Gott erschuf; um das zu hindern, warfen einige seiner Priester stündlich Stücke der unbelebten Materie und zuweilen auch ganze, bereits beseelte Glieder hinein, die jener scheussliche Schlund unersättlich verschlang, so dass es grauenhaft anzusehen war. Auch die Gans galt als eine Untergottheit oder als ein Deus minorum gentium, vor deren Altar jenes Geschöpf geopfert wurde, dessen stündliche Nahrung Menschenblut ist; es steht überall in grossem Ruf, weil es das Entzücken und der Liebling des ägyptischen Cercopithecus ist. Millionen dieser Tiere wurden täglich grausam geschlachtet, um den Hunger jener verzehrenden Gottheit zu stillen. Das Hauptidol wurde auch als Erfinder der Elle und der Nadel verehrt; ob als Gott der Seefahrer oder wegen gewisser andrer mystischer Attribute, ist noch nicht genügend aufgeklärt.

Die Verehrer dieser Gottheit hatten ein Glaubenssystem, das sich um folgende Grundsätze zu drehen schien: Sie hielten die Welt für einen ungeheuren Anzug, der alles bekleidet; die Erde wird von der Luft umkleidet; die Luft wird von den Sternen umkleidet, und die Sterne vom primum mobile. Man sehe sich diesen Erdball an, so wird man finden, dass er ein sehr vollkommener und eleganter Anzug ist. Was ist das, was einige Land nennen, wenn nicht ein schöner, grün besetzter Rock? Was das Meer, wenn nicht eine Weste aus gewässertem Taft? Und man gehe zu den einzelnen Werken der Schöpfung über, so wird man sehen, wie sorgfältig die Tagelöhnerin Natur dafür gesorgt hat, die Pflanzendandys herauszuputzen; man beachte, was für eine stattliche Perücke den Kopf einer Buche ziert und was für ein schönes Wams aus weissem Satin die Birke trägt. Und schliesslich, was ist der Mensch selbst, wenn nicht ein Mikrorock, oder eigentlich ein vollständiger Anzug mit allem Putz? In betreff seines Leibes kann ein Streit nicht entstehen; aber man prüfe selbst die Errungenschaften seines Geistes, und man wird finden, dass sie alle nach der Reihe dazu beitragen, ein passendes Kleid zu liefern: und um weiter keine Einzelheiten anzuführen: Ist nicht die Religion ein Mantel? Ist nicht die Ehrlichkeit ein Paar Schuhe, die im Schmutz ausgetreten sind? Ist nicht die Eigenliebe ein Überrock, die Eitelkeit ein Hemd und das Gewissen eine Hose? Und obwohl diese Hose einen Schutz bilden soll sowohl gegen Unzucht wie gegen Schmutz, wird sie doch im Dienste beider gar leicht hinabgelassen.

Wenn diese Postulata einmal anerkannt sind, so wird sich aus der Gedankenreihe ganz von selbst ergeben, dass jene Dinge, die die Welt sehr unpassend Kleider nennt, in Wirklichkeit die verfeinertste

Tiergattung sind; oder, um noch höher zu greifen, sie sind vernunftbegabte Geschöpfe oder Menschen. Denn ist es nicht klar, dass sie leben und sich bewegen und reden und alle andern Funktionen menschlichen Lebens erfüllen? Sind nicht Schönheit und Witz und Miene und gute Erziehung von ihnen untrennbare Eigenschaften? Kurz, wir sehen nichts als sie und hören nichts als sie. Gehn nicht sie auf den Strassen, füllen nicht sie das Parlament, das Kaffee-, Spiel- und Hurenhaus? Freilich erhalten diese Tiere, die gemeinhin Kleider oder Anzüge genannt werden, je nach gewissen Zugaben verschiedene Benennungen. Wenn eins von ihnen mit einer goldenen Kette und einem roten Mantel, mit einem weissen Stab und einem grossen Pferd versehen ist, so nennt man es den Oberbürgermeister; und wenn in einer bestimmten Weise Hermelin und Pelz darauf genäht wird, nennen wir es einen Richter; und eine bestimmte Verbindung von Batist und schwarzem Satin betiteln wir einen Bischof.

Andre unter jenen Bekennern hatten, obwohl sie dem grossen System nach mit diesen übereinstimmten, einzelne Zweige noch feiner ausgebaut. Sie waren der Ansicht, dass der Mensch ein Tier sei, bestehend aus zwei Gewändern: dem natürlichen und dem himmlischen Anzug, dem Leib und der Seele: die Seele sei das äussere, der Leib das innere Gewand; der Leib sei ex traduce; die Seele aber werde täglich erschaffen und umgeformt; und dies bewiesen sie aus der Schrift, weil wir in den Kleidern leben und uns bewegen und unser Dasein haben; doch auch aus der Philosophie bewiesen sie es, denn sie sind alles in allem und ganz in jedem Teil. Und ausserdem, sagten sie, trenne man die beiden, und man wird finden, dass der Körper nur ein empfindungsloser und fader Leichnam ist. Aus all dem erhellt, dass das äussere Gewand die Seele sein muss.

Mit diesem Religionssystem waren mehrere Nebenlehren verbunden, die grossen Anklang fanden; besonders die Fähigkeiten des Geistes wurden von den Gelehrten unter ihnen auf diese Weise definiert: Stickerei sei reiner Witz; Goldfransen angenehme Unterhaltung; Goldborten Schlagfertigkeit; eine ungeheure runde Perücke Humor, und ein Rock voll Puder sehr gute Spötterei. All das verlangte eine Fülle von „finesse“ und

„délicatesse“, um es vorteilhaft zu handhaben, und ebenso eine strenge Beobachtung der Zeiten und Moden.

Ich habe diesen kurzen Abriss einer Philosophie und Religionslehre, die aus einer von allen andern alten oder modernen Systemen sehr verschiedenen Art und Weise zu denken entsprungen scheint, mit vieler Mühe und durch viel Lektüre aus alten Autoren gesammelt. Und es geschah nicht nur, um des Lesers Neugier zu unterhalten oder zu befriedigen, sondern, um auf verschiedene Einzelheiten der folgenden Erzählung Licht zu werfen; auf dass er mit Hilfe der Kenntnis der Stimmungen und Anschauungen einer so weit zurückliegenden Zeit die grossen Ereignisse, die sich in ihr abspielten, besser verstehe. Ich rate daher dem höflichen Leser, was ich über diesen Gegenstand geschrieben habe, mit einer Welt der Sorgfalt immer wieder durchzulesen. Und indem ich diese abgebrochenen Fragmente verlasse, nehme ich sorgfältig den Hauptfaden meiner Geschichte wieder auf und fahre fort.

Diese Anschauungen sowohl wie die Bräuche, die sich aus ihnen ergaben, waren also unter den Gebildeten bei Hofe und in der Stadt so allgemein verbreitet, dass unsre drei Brüder und Abenteurer, wie ihre Verhältnisse einmal lagen, in sonderbarer Verlegenheit waren. Denn auf der einen Seite standen die drei Damen, denen sie ihre Huldigungen darbrachten (wir haben sie bereits genannt), an der Spitze der Mode und verabscheuten alles, was nur um Haaresbreite hinter ihr zurückblieb. Auf der andern Seite sprach ihres Vaters Testament sehr deutlich, und die Hauptvorschrift verbot ihnen bei den schwersten Strafen, auch nur einen Faden zu ihren Röcken hinzuzufügen oder von ihnen fortzunehmen, ohne dass das Testament es ausdrücklich anordnete. Nun waren die Röcke, die ihnen ihr Vater hinterlassen hatte, freilich aus sehr gutem Tuch und ausserdem so sauber genäht, dass man hätte schwören können, sie seien aus einem Stück; zugleich aber waren sie sehr einfach und wenig oder gar nicht verziert; und nun traf es sich, dass sie noch keinen Monat lang in der Stadt waren, als grosse Achselbänder aufkamen. Stracks trug jedermann Achselbänder; niemand konnte sich den „ruelles“ der Damen nähern, ohne die vorgeschriebenen Achselbänder zu tragen. „Der Bursche da", schreit einer, „hat keine Seele! Wo ist sein Achselband?" Unsre drei Brüder entdeckten bald durch traurige Erfahrung ihren Mangel, denn auf ihren Spaziergängen widerfuhren ihnen vierzig Demütigungen und Unwürdigkeiten. Wenn sie ins Theater gingen, wies der Pförtner sie in die Zehngroschengalerie. Wenn sie nach einem Boot riefen, sagte der Bootsmann: „Ich bin Obernachenführer." Wenn sie in die Rose gingen, um eine Flasche zu leeren, rief der Schankwirt: „Freund, wir haben kein Bier." Wenn sie eine Dame besuchten, trat ihnen ein Lakai an der Tür mit einem: „Bitte, schickt eure Nachricht hinauf!" entgegen. In dieser unglücklichen Lage gingen sie auf der Stelle hin, um ihres Vaters Testament zu Rate zu ziehen; immer wieder lasen sie es durch, doch sie fanden kein Wort von den Achselbändern. Was also sollten sie tun, welchen Ausweg sollten sie finden? Der Gehorsam war nicht zu umgehn, und doch schienen die Achselbänder unbedingt erforderlich. Nach langer Überlegung aber sagte der eine der Brüder, der in Büchern gelehrter war als die beiden andern, er habe ein Mittel gefunden. „Freilich steht hier totidem verbis nichts in dem Testament, was die Achselbänder erwähnt; aber ich wage zu vermuten, dass wir sie implicite doch darin entdecken, nämlich totidem syllabis." Diese Unterscheidung fand auf der Stelle aller Beifall, und so begannen sie das Testament von neuem zu prüfen. Aber ihr arger Stern hatte es so gefügt, dass sich in dem ganzen Schriftstück die erste Silbe nicht finden liess. In dieser Enttäuschung also fasste sich der, der den ersten Ausweg gefunden hatte, ein Herz und sprach: „O meine Brüder, noch ist Hoffnung; denn obwohl wir sie totidem verbis und totidem syllabis nicht finden können, so wollte ich doch wetten, dass wir sie tertio modo oder totidem literis finden werden." Auch diese Entdeckung wurde sehr gelobt, worauf sie sich noch einmal an die Untersuchung machten und folgende Buchstaben aus dem Testament herauspickten: A, C, H, S, E, L; aber der Planet, der ihrer Ruhe feindlich war, hatte es nun wunderbarerweise so eingerichtet, dass kein B zu finden war. Das ergab eine gewichtige Schwierigkeit! Doch der scharfsinnige Bruder (dem wir später einen Namen finden werden) bewies, da er nun einmal dabei war, durch sehr gute Gründe, dass das B ein moderner, unrechtmässiger Buchstabe sei, wie er den gelehrten Zeitaltern unbekannt gewesen und in den alten Manuskripten nirgends zu finden wäre. „Freilich steht das Wort Bauer in einigen alten Handschriften mit einem B geschrieben, aber irrtümlich: denn in den besten Manuskripten steht immer Pauer; und also ist es auch ein grosser Irrtum unsrer Sprache, wenn wir Band mit einem B schreiben;“ und also wolle er hinfort nur noch Pand schreiben. Damit schwand auch die letzte Schwierigkeit; die Achselbänder waren als de jure paterno nachgewiesen; und unsre drei Herren stelzten so prunkvoll einher wie nur die besten.

Wie aber das Glück der Menschen stets nur von kurzer Dauer ist, so waren es in jenen Tagen die menschlichen Moden, von denen es völlig abhängig ist. Die Achselbänder hatten ihre Zeit, und wir müssen sie uns jetzt im Veralten denken; denn eben kam ein gewisser grosser Herr mit fünfzig Ellen Goldborte auf seinem Rock aus Paris zurück, wo er ihn sich genau hatte nach der höfischen Mode dieses Monats besetzen lassen. In zwei Tagen erschien die ganze Menschheit mit Streifen von Goldborte gestrichelt: wer sich ohne diesen Schmuck der Goldborte draussen sehen zu lassen wagte, erregte Ärgernis wie ein – –, und er wurde bei den Damen ebenso schlecht aufgenommen. Was sollten unsre drei Ritter in dieser gewichtigen Angelegenheit beginnen? Sie hatten schon in der Frage der Achselbänder ziemlich viel gewagt, und als sie ihre Zuflucht zu dem Testament nahmen, zeigte sich nichts als altum silentium. Die Achselbänder waren eine lose flatternde Nebensache; aber diese Goldborten schienen eine zu beträchtliche Änderung zu bedeuten, als dass man sie ohne bessre Gewähr hätte wagen können. Aliquo modo schienen sie essentiae adhaerere, und also erforderten sie eine positive Vorschrift. Um eben diese Zeit aber traf es sich, dass der vorbenannte gelehrte Bruder Aristotelis Dialectica las und besonders jenes wunderbare Kapitel De Interpretatione, das die Gabe besitzt, die Leser zu lehren, wie sie in allem ausser ihm einen Sinn finden können; Kommentatoren der Offenbarungen gleich, die zu Propheten promovieren, ohne ein Wort vom Text zu verstehn. „o meine Brüder,“ sprach er, „ihr müsst wissen, dass es der Testamente duo genera gibt, mündliche Erklärungen und schriftliche Aufzeichnungen; dass hier in dem schriftliche Testament keine Vorschrift über Goldborten steht und ihrer keine Erwähnung getan wird, conceditur; aber, si idem affirmetur de nuncupatorio, negatur. Denn, Brüder, wenn ihr euch entsinnt, so haben wir einen Burschen sagen hören, als wir Kinder waren, dass er hätte unsres Vaters Diener sagen hören, er habe meinen Vater sagen hören, er wolle seinen Söhnen raten, sich Goldborten auf die Röcke zu setzen, sobald sie das Geld hätten, sich welche zu kaufen." „Bei Gott, das ist wahr," rief der zweite; und der dritte fügte hinzu: „Ich entsinne mich ganz genau." Und so holten sie sich ohne viel Umstände die breitesten Goldborten im ganzen Kirchspiel und gingen umher wie die grossen Herren.

Eine Weile darauf kam ein hübscher flammenfarbener Satin als Futterstoff auf, und der Händler brachte unsern drei Herren auf der Stelle ein Muster. „Wenn es Euer Gnaden gefällig ist," sprach er, „Graf Soundso und Herr von Ypsilon trugen gestern Abend Futter aus eben diesem Stoff, und morgen um zehn werde ich keinen Rest mehr haben, um meiner Frau ein Nadelkissen daraus zu machen." Daraufhin begannen sie von neuem in dem Testament herumzustöbern; denn auch der gegenwärtige Fall verlangte eine positive Vorschrift, da das Futter von orthodoxen Schriftstellern für das Wesen des Rocks gehalten wird. Nach langer Suche aber konnten sie für den vorliegenden Fall nichts andres finden als den väterlichen Rat, der im Testament enthalten war, sich vor Feuer zu hüten und ihre Kerzen auszublasen, ehe sie schlafen gingen. Obgleich nun dies schon ziemlich genau zur Sache passte und nicht wenig dazu beitrug, sie zu überzeugen, so schien es doch noch nicht weit genug zu gehn, um einen direkten Befehl zu konstituieren; und da der Gelehrte unter ihnen entschlossen war, alle weiteren Bedenken wie auch alle weiteren Möglichkeiten eines Ärgernisses zu beseitigen, so sprach er: „Ich entsinne mich, bei Testamenten von angehängten Kodizillen gelesen zu haben; das Kodizill ist in Wirklichkeit ein Teil des Testaments, und was es enthält, hat mit allem andern gleiche Kraft. Nun habe ich mir eben dieses Testament, das uns vorliegt, überlegt, und ich kann es ohne ein solches Kodizill nicht für vollständig halten; ich will sehr geschickt an der rechten Stelle eins einfügen. Ich trage es schon seit einiger Zeit bei mir; es wurde von dem Hundewärter unsres Grossvaters geschrieben und spricht (so will es das Glück) ausführlich von eben diesem flammenfarbenen Satin.“ Dieser Plan fand auf der Stelle den Beifall der beiden andern; ein altes Pergament wurde kunstgerecht eingeheftet, und zwar in der Form eines angehängten Kodizills; und der Satin wurde gekauft und getragen.

Im nächstes Winter spielte ein Schauspieler, der von der Gilde der Fransenmacher eigens dafür bestochen worden war, seine Rolle in einer neuen Komödie ganz mit Silberfransen bedeckt, und nach der löblichen Sitte brachte er also diese Mode auf. Als nun die Brüder daraufhin ihres Vaters Testament zu Rate zogen, fanden sie zu ihrem grossen Erstaunen diese Worte: „Item, ich ermahne meine besagten Söhne und befehle ihnen, keinerlei Silberfransen auf oder an ihren Röcken zu tragen“, und er setzte eine Strafe auf den Ungehorsam in diesem Fall, die hier anzuführen zu weitläufig wäre. Nach einer Weile aber hatte der Bruder, den wir schon so oft wegen seiner Gelehrsamkeit erwähnt haben und der in der Kritik wohl erfahren war, in einem Autor, der, wie er sagte, namenlos bleiben sollte, gefunden, dass dasselbe Wort, das in dem Testament Fransen bedeutet, auch einen Besen bezeichnen kann; und zweifellos musste es in diesem Absatz so verstanden werden. Das missfiel dem einen der beiden andern Brüder, weil sich das Wort „Silber“ seiner demütigen Ansicht nach schicklicherweise und ohne Vergewaltigung des Sinns nicht mit einem Besen in Verbindung bringen liess; doch ihm wurde erwidert, dass dieses Beiwort in einem mythologischen und allegorischen Sinn zu verstehen sei. Aber er wandte abermals ein, weshalb denn ihr Vater ihnen verbieten sollte, Besen auf ihren Röcken zu tragen; diese Warnung scheine unnatürlich und sinnlos; woraufhin man ihn kurz anliess, weil er unehrerbietig von einem Mysterium spräche, das zweifelsohne sehr nützlich und sinnvoll sei, aber nicht allzu neugierig untersucht noch allzu streng geprüft werden dürfe. Und kurz, da ihres Vaters Ansehn jetzt beträchtlich gesunken war, so liess man diesen Ausweg als gesetzmässige Erlaubnis, ihren vollen Anteil an Silberfransen zu tragen, gelten.

Eine Weile darauf lebte eine alte Mode, die lange vergessen war, wieder auf: man trug Stickereien aus indischen Figuren von Männern, Frauen und Kindern. Da entsannen sie sich nur zu gut, wie sehr ihr Vater diese Mode stets verabscheut hatte; er hatte eigens mehrere Absätze darüber geschrieben und seinen höchsten Abscheu davor ausgesprochen, indem er seinen Söhnen seinen ewigen Fluch vermachte, wenn sie je dergleichen tragen sollten. Trotz alledem erschienen sie nach ein paar Tagen noch weit moderner gekleidet als alle andern Leute in der Stadt. Sie behoben hier die Schwierigkeit, indem sie behaupteten, diese Figuren seien keineswegs dieselben wie die, die ehedem getragen wurden, und also seien sie in dem Testament auch nicht gemeint. Ausserdem trügen sie sie auch nicht in dem Sinne, in dem ihr Vater sie verboten hätte, sondern weil sie eine löbliche Sitte seien und für die Allgemeinheit von grossem Nutzen. Daher seien denn auch diese strengen Klauseln in dem Testament ein wenig weitherzig auszulegen und cum grano salis zu verstehn.

Da aber die Moden um jene Zeit unablässig wechselten, so wurde der gelehrte Bruder der Suche nach neuen Auswegen und nach der Lösung ewiger Widersprüche müde. Und da die drei Brüder entschlossen waren, sich auf jede Gefahr hin den Wegen der Welt anzupassen, so beredeten sie sich miteinander und einigten sich dahin, ihres Vaters Testament in einer starken Truhe aus Griechenland oder Italien (ich weiss nicht mehr, woher) einzuschliessen und sich keine Sorge um die Prüfung mehr zu machen, sondern sich einfach auf das Testament zu beziehen, so oft sie es für nötig hielten. Infolgedessen erklärte der Gelehrte, als eine Weile darauf die Mode aufkam, eine unendliche Fülle von Spitzen zu tragen, die in der Regel mit Silber festgeheftet waren, ex cathedra, Spitzen seien absolut jure paterno, wie sie sich wohl genau entsännen; freilich schreibe die Mode ein wenig mehr vor, als direkt im Testament erwähnt würde; aber als Erben ihres Vaters hätten sie die Macht, zum allgemeinen Nutzen gewisse Klauseln zu schaffen und einzufügen, auch wenn sie sich totidem verbis nicht aus dem Buchstaben des Testaments herleiten liessen; denn sonst: multa absurda sequerentur. Das wurde als kanonisch anerkannt, und also gingen sie am nächsten Sonntag alle drei mit Spitzen bedeckt in die Kirche.

Der so oft erwähnte gelehrte Bruder galt in der ganzen Strasse und auch in der nächsten noch als der beste Gelehrte; und zwar ging das so weit, dass er, obwohl in der Welt ein wenig zurückgeblieben, die Gunst eines gewissen grossen Herrn gewann, der ihn in sein Haus aufnahm, damit er seine Kinder unterrichtete. Eine Weile darauf starb der grosse Herr, und er fand vermöge der langen Übung am Testament seines Vaters Mittel und Wege, eine Schenkungsurkunde zustande zu bringen, die jenes Haus ihm und seinen Erben übertrug; worauf er von ihm Besitz ergriff, die jungen Herren hinauswarf und an ihrer Stelle seine Brüder aufnahm.

Dritter Teil. Eine Abschweifung über die Kritiker.

Obgleich ich bisher bei allen Gelegenheiten so vorsichtig wie möglich genau den Regeln und Methoden des Stils gefolgt bin, wie sie durch das Beispiel unsrer erlauchten Modernen festgelegt sind, so hat mich doch meine unglückliche Gedächtnisschwäche zu einer Unterlassungssünde verführt, von der ich mich reinwaschen muss, bevor ich mein Hauptthema anständigerweise weiter verfolgen darf. Ich gestehe mit Scham, es war unverzeihlich, so weit zu gehn, wie ich es bereits getan habe, ohne die nötigen beschwerdeführenden, bittflehenden oder abwehrenden Erörterungen mit den guten Herren Kritikern gepflogen zu haben. Um diese schwere Versäumnis wenigstens etwas zu sühnen, erkühne ich mich hier, ihnen einen kurzen Bericht über sie selber und ihre Kunst darzubringen, indem ich ihren Namen, wie man ihn gemeinhin unter uns versteht, nach Ursprung und Stammbaum untersuche und in aller Kürze ihre einstige und gegenwärtige Lage betrachte.

Unter dem Wort Kritiker, das heutigentags in allen Gesprächen so häufig vorkommt, hat man einstmals, wie ich es in alten Büchern und Broschüren gelesen habe, drei sehr verschiedene Arten Sterblicher verstanden. Denn erstens bezeichnete man mit diesem Wort Leute, die Regeln für sich und die Welt erfanden oder aufstellten, durch deren Beobachtung ein aufmerksamer Leser instand gesetzt wurde, auf Grund seiner echten Empfindung für das Erhabene und Bewundernswerte ein

Urteil über die Erzeugnisse der Gelehrten zu fällen und jede Schönheit des Inhalts oder des Stils von der Korruption zu unterscheiden, die sie nachäfft. Bei ihrer Lektüre der Bücher heben sie dann die Irrtümer und Fehler heraus, das Ekelhafte, Langweilige, Unverschämte; und zwar mit der Vorsicht dessen, der morgens durch die Strassen von Edinburgh geht und der in Wahrheit acht gibt, sorgfältig aufzupassen und den Schmutz auf seinem Wege rechtzeitig zu bemerken; nicht als ob er aus Wissbegier Farbe und Zusammensetzung des Kots beobachten wollte, oder etwa seine Dimensionen mässe; und noch viel weniger, um darin herumzuplätschern oder davon zu kosten; sondern einzig in der Absicht, so sauber wie nur möglich durchzukommen. Diese haben vielleicht, obwohl sehr irrtümlicherweise, den Namen eines Kritikers im wörtlichen Sinne aufgefasst; dahin nämlich, dass es wesentlich zu seinen Aufgaben gehörte, zu loben und loszusprechen, und dass ein Kritiker, der nur liest, um Gelegenheit zum Tadel und zum Schelten zu finden, ein ebenso barbarisches Wesen wäre wie ein Richter, der beschlossen hätte, alle Leute, die zur Verhandlung vor ihn hinträten, zu hängen.

Zweitens hat man mit dem Wort Kritiker diejenigen gemeint, die die alte Gelehrsamkeit den Würmern und dem Staub der Manuskripte entreissen wollen.

Die Geschlechter dieser beiden Arten sind nun schon seit mehreren Jahrhunderten ausgestorben; und ausserdem würde es sehr wenig meinen Zwecken entsprechen, wenn ich des ferneren von ihnen redete.

Die dritte und edelste Art ist die der *wahren* Kritiker, deren Ursprung auch von allen am weitesten zurückliegt. Jeder echte Kritiker ist ein geborener Held, der in direkter Linie von einem himmlischen Geschlecht abstammt, und zwar durch Momus und Hybris, die Zoilus zeugten; der aber zeugte Tigellius, der Etcetera den Ältern; der Bentley und Rhymer und Wotton und Perrault und Dennis; und die erzeugten Etcetera den Jüngern.

Und dies sind die Kritiker, von denen die Republik der Gelehrten zu allen Zeiten so unendliche Wohltaten empfangen hat, dass die

Dankbarkeit ihrer Bewunderer ihren Ursprung gleich dem des Herkules, des Theseus, des Perseus und andrer grosser Wohltäter der Menschheit in den Himmel verlegte. Aber selbst die heroische Tugend ist nicht von der Nachrede böser Zungen verschont geblieben, denn man hat eingewandt, jene alten Helden, die berühmt sind, weil sie so viele Riesen und Drachen und Räuber bekämpften, seien an sich für die Menschheit ein grösserer Schade gewesen als alle Ungeheuer, die sie bezwangen; und deshalb hätten sie, um sich ungeschmälerten Dank zu erwerben, als alles andre Gewürm vernichtet war, rechtens das gleiche Gericht an sich selber vollstrecken sollen. Herkules hat das in edlem Mut getan, und deshalb hat er für sich mehr Tempel und Gelübde errungen als alle seine Genossen zusammengenommen. Das ist auch der Grund, vermute ich, weshalb manche der Ansicht sind, jeder wahre Kritiker sollte sich, sowie er seine Aufgabe erfüllt hat, Rattengift beibringen oder zum Strick greifen oder von einer passenden Höhe hinabspringen; und niemandes Ansprüche auf einen so erlauchten Namen sollten anerkannt werden, bevor er nicht diese Tat vollbracht hat.

Nun lässt sich auf Grund dieser himmlischen Herkunft der Kritik und auf Grund der engen Beziehung zur heroischen Tugend gar leicht die rechte Beschäftigung für einen echten, alten Kritiker nachweisen; sie besteht darin, dass er durch die ungeheure Welt der Schriften wandert, dass er die ungeheuerlichen Fehler, die in ihr entspringen, verfolgt und aufjagt; dass er die im Hinterhalt lauernden Irrtümer hervorzerrt, wie Kakus aus seiner Höhle hervorgezerrt wurde; dass er sie vervielfältigt wie die Häupter der Hydra und sie zusammenharkt wie den Mist des Augeas; oder dass er eine bestimmte Art gefährlicher Vögel vertreibt, die den verderbten Hang besitzen, die besten Zweige am Baum des Wissens zu plündern, jenen stymphalischen Vögeln gleich, die die Früchte frassen.

Diese Gedankengänge werden uns die angemessene Definition eines echten Kritikers liefern: er ist der Entdecker und Sammler der Fehler aller Schriftsteller; und das lässt sich ferner noch durch den folgenden Beweis über jeden Zweifel erheben. Wer die vielerlei Schriften untersucht, mit denen diese alte Sekte die Welt beehrt hat, der wird an ihrem ganzen Ton und ihrer Richtung auf der Stelle erkennen, dass die Gedanken der Verfasser in den Fehlern und Makeln und Versehen und Irrtümern andrer Schriftsteller aufgehn und nur mit ihnen vertraut sind; und möge das jeweils behandelte Thema sein, welches es wolle, ihre Phantasie ist so besessen und gesättigt von den Mängeln andrer Federn, dass sich so recht die Quintessenz all dessen, was schlecht ist, notwendig in ihre Schriften hinein verflüchtigt; dadurch scheint das Ganze nichts andres zu sein als ein Abriss der Kritiken, die sie selbst zu machen hatten.

Nachdem wir so in aller Kürze Ursprung und Aufgabe eines Kritikers erwogen haben, wie das Wort in seinem edelsten und allgemeinsten Sinne verstanden wird, gehe ich dazu über, die Einwände derer zu widerlegen, die aus dem Schweigen und der Übergehung von Seiten der Autoren Schlüsse ziehen; denn sie wollen dadurch beweisen, dass die ganze Kunst der Kritik, wie sie jetzt geübt wird und wie ich sie erklärt habe, völlig modern sei, und dass also die Kritiker von Grossbritannien und Frankreich keinen Anspruch auf einen so alten und erlauchten Ursprung erheben können, wie ich es erklärt habe. Wenn ich nun klar dartun kann, dass im Gegenteil die ältesten Schriftsteller sowohl Person wie Amt eines wahren Kritikers gemäss der von mir aufgestellten Definition geschildert haben, so wird dieser grosse Einwand, der sich auf das Schweigen der Autoren stützt, zu Boden fallen.

Ich gestehe, dass ich diesen allgemeinen Irrtum lange geteilt habe; und ich hätte mich nie von ihm befreit, wäre es nicht mit Hilfe unsrer edlen Modernen geschehen! Denn ich wälze ihre erbaulichsten Bände unermüdlich bei Tag und bei Nacht, zur Förderung meines Geistes und zum Wohl meines Landes. Sie haben mit unermüdlichem Eifer viele nützliche Untersuchungen über die schwachen Seiten der Alten angestellt und uns eine umfassende Liste davon gegeben. Ausserdem haben sie unwiderleglich bewiesen, dass die schönsten Dinge, die im Altertum geschaffen wurden, seither längst wieder neu erfunden und von weit späteren Federn ans Licht gezogen worden sind; ja, dass die edelsten Entdeckungen, die jene Alten jemals in der Kunst oder der Natur gemacht haben, sämtlich durch den alles übersteigenden Genius der gegenwärtigen Zeit gemacht worden sind. Was klärlich beweist, auf wie wenig Verdienst jene Alten mit Recht Anspruch erheben können; und es nimmt ihnen jene blinde Bewunderung, wie sie abseits im Winkel stehende Leute ihnen zollen, die das Unglück haben, mit den Dingen der Gegenwart zu wenig vertraut zu sein. Indem ich nun all dies reiflich erwog und den ganzen Kreis der menschlichen Natur einbezog, kam ich gar leicht zu dem Schluss, dass jene Alten, die sich ihrer vielen Unvollkommenheiten im höchsten Grade bewusst waren, nach einigen Stellen in ihren Werken notwendigerweise den Versuch gemacht haben müssen, den tadelnden Leser durch Lob oder Satire auf die Kritiker abzuschrecken milder zu stimmen oder zu zerstreuen, indem sie so ihre Meister, die Modernen, nachahmten. Nun war ich in den Gemeinplätzen sowohl des Lobes wie der Satire durch lange und nützliche Studien in Vorreden und Einleitungen sehr bewandert; und daher beschloss ich auf der Stelle, zu versuchen, was ich von beiden durch die sorgfältigste Lektüre der ältesten Schriftsteller und besonders derer, die von den frühesten Zeiten handeln, zu entdecken vermöchte. Da fand ich denn zu meiner grossen Überraschung, dass, obwohl sie gelegentlich genaue Schilderungen des wahren Kritikers begannen, je nachdem sie von der Furcht oder der Hoffnung geleitet wurden, es doch, so oft sie etwas dergleichen berührten, mit der allergrössten Vorsicht geschah; denn sie wagten nicht über mythologische und hieroglyphische Andeutungen hinauszugehn. Das, so vermute ich, gab oberflächlichen Lesern Anlass, aus dem Schweigen der Autoren Schlüsse gegen das hohe Alter der wahren Kritik zu ziehen, obwohl die Symbole so treffend sind und die Deutung so notwendig und natürlich ist, dass man sich nicht leicht vorstellen kann, wie ein modernes Auge und ein moderner Geschmack sie zu übersehen vermochte. Ich werde mir erlauben, aus einer grossen Anzahl einige wenige anzuführen, die, davon bin ich überzeugt, diese Frage über jede Möglichkeit eines Zweifels hinausheben werden.

Es ist wohl der Beachtung wert, dass jene alten Schriftsteller, die dieses Thema so rätselhaft behandeln, ganz allgemein auf denselben Hieroglyphen verfallen sind und nur die Geschichte je nach ihrer Neigung oder ihrem Witz variieren. Zunächst ist Pausanias der Meinung, dass die Vervollkommnung korrekten Stils einzig der Einrichtung der Kritiker zu verdanken sei; und dass er unmöglich einen andern als den wahren Kritiker meinen kann, erhellt, denke ich, klärlich aus folgender Schilderung. Er sagt, sie seien ein Geschlecht von Menschen, die gern an den Überflüssigkeiten und Auswüchsen der Bücher herumnagten; und da die Gelehrten das schliesslich bemerkten, liessen sie es sich eine Warnung sein und schnitten aus eigenem Antrieb alles zu Üppige, Faule, Tote, Saftlose und Wuchernde aus ihren Werken heraus. Nun versteckt er all das sehr kunstvoll unter der folgenden Allegorie. Die Nauplier in Argia, sagt er, hätten die Kunst, ihre Reben zu beschneiden, dadurch gelernt, dass sie beobachteten, wieviel besser eine Pflanze gedieh und wieviel schönere Frucht sie trieb, wenn ein *Esel* an ihr genagt hatte. Herodotus aber, der das gleiche Symbol beibehält, spricht weit klarer und fast „in terminis". Er ist verwegen genug, den wahren Kritikern Unwissenheit und Bosheit vorzuwerfen, und erzählt uns offen, denn nichts, denke ich, kann deutlicher sein, dass es im westlichen Teil von Libyen *Esel* mit *Hörnern* gibt; als welchen Bericht Ktesias noch überbietet, als er das gleiche Tier in Indien erwähnt; denn er fügt hinzu, während allen andern *Eseln* die Galle fehle, wären diese gehörnten mit diesem Körperteil so reichlich versehen, dass ihr Fleisch wegen seiner ausserordentlichen Bitterkeit nicht zu essen sei.

Der Grund, weshalb die alten Schriftsteller diesen Gegenstand nur in Symbolen und figürlichen Wendungen behandeln, ist aber der, dass sie gegen eine so mächtige und furchtbare Partei, wie es die Kritiker in jenen Zeiten waren, einen offenen Angriff nicht zu führen wagten; denn schon ihre Stimme war so beängstigend, dass eine Legion Autoren erbebte und alsbald die Feder aus der Hand fallen liess, wenn sie erklang. Das berichtet Herodot an einer andern Stelle ganz ausdrücklich: ein ungeheures Heer von Skythen sei durch das Iahen eines *Esels* in panischem Schrecken in die Flucht geschlagen worden. Daraus haben gewisse tiefe Philologen gefolgert, die grosse Ehrfurcht und Achtung, die die britannischen Schriftsteller einem wahren Kritiker bezeugen, sei uns von unsern skythischen Vorfahren überkommen. Kurz, das Grauen war ein so allgemeines, dass im Laufe der Zeit jene Schriftsteller, die ihre Gesinnungen freier veröffentlichen wollten, bei der Schilderung der wahren Kritiker in den verschiedenen Zeitaltern gezwungen waren, das bisherige Symbol fallen zu lassen weil es dem Prototyp allzu nahe stand, und an seiner Stelle andre Wendungen zu finden, die vorsichtiger und mystischer waren. So wagt Diodor, wo er von denselben Dingen spricht, nichts andres zu sagen, als dass auf dem Helikongebirge ein Kraut wachse, das eine Blüte von so verruchtem Geruch trage, dass jeder, der daran rieche, des Todes sei. Lucretius gibt genau denselben Bericht:

> Est etiam in Magnis Heliconis montibus arbos,
> Floris odore hominem tetro consueta necare.
> Lib. 6.

Ktesias aber, den wir noch eben anführten, ist bei weitem kühner gewesen; er war von den wahren Kritikern seiner Zeit mit grosser Strenge behandelt worden und konnte sich deshalb nicht enthalten, wenigstens ein tiefes Zeichen seiner Rache an dem ganzen Stamm zu hinterlassen. Was er meint, liegt so an der Oberfläche, dass es mich wundernimmt, wie es hat von denen übersehen werden können, die das hohe Alter der wahren Kritiker leugnen. Denn unter dem Vorwand, viele merkwürdige Tiere in Indien zu schildern, schreibt er diese bemerkenswerten Worte: „Unter andern gibt es eine Schlange, die keine Zähne hat und also nicht beissen kann; aber wenn ihr Geifer (mit dem sie reichlich versehen ist) auf irgend etwas fällt, so folgt daraus ein bestimmtes Verderben oder Faulen. Diese Schlangen sind im allgemeinen in den Bergen zu finden, wo die Juwelen wachsen, und sie geben oft einen giftigen Saft von sich; wer davon trinkt, dem fliegt das Gehirn zu den Nasenöffnungen hinaus."

Es gab unter den Alten auch noch eine Art von Kritikern, die sich der Gattung nach von den andern nicht unterschieden, sondern nur dem Grade oder ihrem Wachstum nach; sie scheinen nur die Neulinge oder die Jüngern unter den Gelehrten gewesen zu sein; und doch werden sie wegen ihrer verschiedenen Beschäftigung oft als eine Sekte für sich erwähnt. Sie pflegten nämlich beständig in die Theater zu gehn und lernten, die schlechtesten Teile der Stücke zu erspähen; darüber mussten sie sich sorgfältige Notizen machen, um dann ihren Meistern einen vernünftigen Bericht zu erstatten. Wenn sie bei diesen kleineren Jagden gleich jungen Wölfen scharf gemacht worden waren, wurden sie mit der Zeit behend und stark genug, um auch grösseres Wild aufzuspüren. Denn es ist sowohl unter den Alten wie unter den Modernen beobachtet worden, dass ein wahrer Kritiker eins mit einer Hure und einem Ratsherrn gemein hat: niemals nämlich wechselt er Titel oder Wesen; ein grauer Kritiker ist sicherlich einmal ein grüner gewesen, denn die Vervollkommnung und der Kraftzuwachs seines Alters zeigen nur die gesteigerten Talente seiner Jugend; wie der Hanf, der nach manchen Naturforschern bei Atemnot schädlich ist, und werde er auch in Samenform genommen. Ich denke mir, die Erfindung oder wenigstens der Ausbau der Prologe ist diesen Aufstrebenden zu verdanken, deren Terenz oft und ehrenvoll unter dem Namen der „malevoli“ Erwähnung tut.

Nun steht es fest, dass die Einrichtung der wahren Kritiker für die Republik der Gelehrten eine unbedingte Notwendigkeit war. Denn alle menschlichen Handlungen scheinen wie Themistokles und seine Gefährten verteilt zu sein; der eine kann fideln, der andre eine kleine Stadt zu einer grossen machen, und wer weder eins noch das andre kann, der verdient, zur Schöpfung hinausgeworfen zu werden. Die Furcht vor dieser Strafe hat zweifellos die Nation der Kritiker zuerst ins Leben gerufen, und zugleich, auch ihren geheimen Verkleinerern Gelegenheit gegeben zu berichten, dass ein wahrer Kritiker eine Art Handwerker ist, der für sein Gewerbe nur einen Warenvorrat und seine Werkzeuge braucht, die ebensowenig kosten wie die eines Schneiders; ja, dass sogar zwischen den Werkzeugen und den Fähigkeiten beider eine grosse Ähnlichkeit herrscht, denn des Schneiders Abfallkorb ist das Urbild für das Notizbuch der Gemeinplätze des Kritikers, und sein Witz und seine Gelehrsamkeit werden vertreten durch des Schneiders Bügeleisen; um einen Gelehrten zu machen, muss man von den einen ebenso viele nehmen, wie von den andern, um einen Mann zu machen, und beider Tapferkeit ist gleich und ihre Waffen sind von annähernd gleicher Grösse. Auf so heimtückische Anmerkungen lässt sich vieles erwidern; und ich kann wenigstens versichern, dass das erste eine Unwahrheit ist; denn nichts ist im Gegenteil gewisser als dass es grösserer Ausgaben bedarf, Mitglied der Kritikergilde zu werden als irgendeiner andern. Genau wie es den reichsten Kandidaten jeden Rock kostet, für den er gut ist, wenn er ein wahrer Bettler werden will, so wird es einen Menschen alle guten Eigenschaften seines Geistes kosten, ehe er beginnen kann, ein wahrer Kritiker zu werden; allerdings würde das vielleicht auch für ein geringeres Ziel als ein billiger Preis gelten.

Nachdem ich nun ausführlich den alten Ursprung der Kritik nachgewiesen und ihren ersten Zustand geschildert habe, will ich untersuchen, wie es gegenwärtig um ihr Reich steht, und zeigen, wie trefflich es mit seinem einstigen Selbst in Einklang steht. Ein bestimmter Autor, dessen Werke seit vielen Jahrhunderten vollkommen verschollen sind, sagt im achten Kapitel seines fünften Buches von den Kritikern, ihre Werke seien der Spiegel der Gelehrsamkeit. Das verstehe ich im wörtlichen Sinn und vermute, unser Autor müsse meinen, wer ein vollkommener Schriftsteller werden wolle, möge die Bücher der Kritiker durchsehn und seine Begabung in ihnen wie in einem Spiegel korrigieren. Wer nun bedenkt, dass die Spiegel der Alten aus Erz waren, sine mercurio, der wird alsbald die beiden wichtigsten Eigenschaften eines wahren modernen Kritikers erkennen und daraus den unvermeidlichen Schluss ziehn, dass diese stets die gleichen gewesen sind und es ewig bleiben müssen. Denn das Erz ist ein Symbol der Dauer, und wenn es geschickt poliert wird, wird es vermöge seiner eignen Oberfläche Spiegelbilder werfen und der Hilfe des unterlegten Quecksilbers nicht bedürfen. Alle andern Talente eines Kritikers werden einer besondern Erwähnung nicht bedürfen, da sie in diesen eingeschlossen sind oder sich leicht auf sie zurückführen lassen. Ich will jedoch mit drei Maximen schliessen, die einerseits Kennzeichen ergeben, mit deren Hilfe man einen wahren modernen Kritiker von einem blossen Prätendenten unterscheiden kann, und die andrerseits jenen würdigen Geistern, die sich einer so nützlichen und ehrenwerten Kunst widmen, von wunderbarem Nutzen sein werden.

Die erste ist, dass eine Kritik, im Gegensatz zu den Erzeugnissen aller andern Fähigkeiten des Intellekts, stets dann als die wahrste und beste gilt, wenn sie den ersten Eindruck im Geist des Kritikers gibt; genau wie Vogelschützen den ersten Schuss für den sichersten halten und selten versäumen, das Ziel zu verfehlen, wenn sie noch einen zweiten abwarten.

Zweitens lassen die wahren Kritiker sich an ihrem Talent erkennen, stets die edelsten Schriftsteller zu umwimmeln, denen sie lediglich durch ihren Instinkt zugeführt werden, genau wie die Ratte dem besten Käse oder die Wespe der besten Frucht. Wenn der König zu Pferde sitzt, ist er sicherlich der schmutzigste in der Gesellschaft, und die, die ihm am besten huldigen, bespritzen ihn am meisten mit Kot.

Schliesslich gleicht ein wahrer Kritiker bei der Lektüre eines Buches einem Hund bei einem Festmahl: dessen Gedanken und Magen achten einzig auf das, was die Gäste fortwerfen; und also wird er am meisten knurren, wenn die wenigsten Knochen abfallen.

Das, denke ich, wird als Huldigung für meine Gönner, die wahren modernen Kritiker, genügen, und es wird mein vormaliges Schweigen sühnen, wie auch dasjenige, das ich in Zukunft vermutlich beobachten werde. Ich hoffe, ich habe mich um ihre ganze Körperschaft so verdient gemacht, dass ich von ihnen eine grossmütige und milde Behandlung erwarten darf. Von dieser Hoffnung gestützt, gehe ich kühn dazu über, jene bereits so glücklich begonnenen Abenteuer fortzusetzen.

Vierter Teil. Ein Märchen von einer Tonne.

Ich habe den Leser jetzt unter grosser Mühe und Anstrengung bis zu einem Zeitabschnitt geleitet, in dem er von grossen Revolutionen zu hören erwarten muss. Denn kaum hatte unser so oft erwähnter, gelehrter Bruder ein warmes Haus über seinem Kopf, so begann er, sich dick zu machen und gewaltige Würde zur Schau zu stellen; und das in einem

Grade, dass ich fürchte, der freundliche Leser werde, wenn er nicht in seiner grossen Güte geruht, seine bisherige Vorstellung ein wenig zu steigern, den Helden des Stückes hinfort kaum noch kennen, wenn er ihm begegnet; so sehr sind seine Rolle, seine Kleidung und seine Miene verwandelt.

Er sagte seinen Brüdern, er wünsche ihnen bemerklich zu machen, dass er der älteste von ihnen und also ihres Vaters einziger Erbe sei; ja, eine Weile darauf wollte er ihnen nicht mehr erlauben, ihn „Bruder“ zu nennen; *Herr* Peter mussten sie ihn betiteln; dann *Vater* Peter und bisweilen sogar *Hoher Herr* Peter. Um nun diesen Prunk aufrechtzuerhalten (er sagte sich gar bald, dass er das ohne grössere Mittel als die ererbten nicht zu tun imstande sein werde), entschied er sich nach langer Überlegung dafür, Pläneschmieder und Erfinder zu werden; und er hatte damit so viel Erfolg, dass viele berühmte Entdeckungen, Methoden und Maschinen, die jetzt in der Welt sehr verbreitet und beliebt sind, vom Hohen Herrn Peter erfunden wurden. Ich will so genau über die einzelnen Rechenschaft ablegen, wie ich Nachrichten habe über die wichtigsten unter ihnen sammeln können, ohne der Reihenfolge zu achten, in der sie kamen, denn mir scheint, über die sind sich die Autoren nicht sehr einig.

Ich hoffe, wenn dieser mein Traktat in fremde Sprachen übersetzt wird (wie ich denn ohne Eitelkeit versichern kann, dass die Mühe der Sammlung, die Treue des Berichts und das grosse Interesse, das die Sache für die Allgemeinheit hat, solcherlei Gerechtigkeit reichlich verdienen), so werden die würdigen Mitglieder der fremden Akademien, besonders die in Frankreich und Italien, diese demütige Gabe zur Förderung des allgemeinen Wissens günstig entgegennehmen. Ich will auch die höchst ehrwürdigen Väter, die Missionare der östlichen Länder darauf aufmerksam machen, dass ich einzig um ihretwillen solche Worte und Wendungen benutzt habe, die sich am ehesten in irgendeine der orientalischen Sprachen übersetzen lassen; besonders ins Chinesische. Und so fahre ich in grosser Seelenzufriedenheit fort, dieweil ich mir überlege, wieviel Vorteil der ganze Erdball vermutlich durch meine Arbeit haben wird.

Das erste Unternehmen des Herrn Peter bestand darin, dass er ein riesiges Festland erstand, das jüngst in Terra Australis Incognita entdeckt worden sein sollte. Diesen Landstrich kaufte er um einen Spottpreis von den Entdeckern selber (freilich wollen manche bezweifeln, ob sie jemals dort gewesen sind), und dann gab er ihn in mehreren Provinzen an gewisse Unterhändler ab, die Kolonien hinüberbringen wollten, aber alle auf der Seefahrt Schiffbruch litten. Worauf Herr Peter besagten Kontinent wiederum und wiederum und wiederum und wiederum mit dem gleichen Erfolg an andre Käufer losschlug.

Das zweite Projekt, das ich erwähnen will, bestand in seinem Allheilmittel gegen die Würmer, besonders in der Milz. Der Patient durfte drei Nächte lang nach dem Abendessen nichts mehr zu sich nehmen; wenn er zu Bett ging, musste er sorgfältig nur auf der einen Seite liegen, und wenn er dessen müde wurde, musste er sich auf die andre umdrehn. Er musste auch seine beiden Augen gehörig auf dasselbe Ziel richten und durfte auf keinen Fall ohne dringenden Anlass an beiden Enden zugleich einen Wind streichen lassen. Wurden diese Vorschriften sorgfältig befolgt, so entschwanden die Würmer unmerklich durch die Ausdünstungen, indem sie durchs Gehirn emporstiegen.

Eine dritte Erfindung war die Errichtung einer Flüsterkammer, die zum allgemeinen Wohl jenen Erleichterung verschaffen sollte, die hypochondrisch waren oder an Kolik litten; als da sind: Hebammen, kleine Politiker, zerfallene Freunde, nachplappernde Dichter, glückliche oder verzweifelte Liebende, Kuppler, Mitglieder des Geheimen Rats, Pagen, Schmarotzer und Hanswürste, kurz, all jene, die in Gefahr sind, vor zu viel Wind zu platzen. Dabei wurde ein Eselskopf so bequem aufgestellt, dass der Leidende jedes der Ohren des Tieres mit seinem Mund leicht erreichen konnte; er musste den Mund eine bestimmte Zeit lang an das Ohr halten, und vermöge einer verflüchtigenden Kraft, die den Ohren dieses Tieres eigen ist, fand er durch Rülpsen, Ausatmen oder Erbrechen sofortige Erleichterung.

Ein weiteres sehr wohltätiges Projekt des Herrn Peter bestand in einem Versicherungsamt für Tabakspfeifen, Märtyrer des modernen Eifers,

Gedichtbände, Schatten ... und Flüsse: einer Versicherung dagegen, dass diese oder einige von diesen durch Feuer Schaden erlitten. Unsre menschenfreundlichen Gesellschaften werden daran erkennen, dass sie nur von diesem Original abgeschrieben haben; obwohl beide für die Unternehmer von grossem Nutzen gewesen sind, für die Allgemeinheit aber von gleichem Nutzen.

Herr Peter galt auch als der Erfinder der Puppenspiele und der Kuriositätenschaustellungen; ihr grosser Nutzen ist so allgemein bekannt, dass ich mich über diesen Punkt nicht weiter auslassen will.

Doch eine weitere Erfindung, um deretwillen er weithin berühmt war, bestand in seiner gefeierten Universalpökellake. Denn da er bemerkt hatte, dass die gewöhnliche Lake, wie die Hausfrauen sie benutzen, nicht weiter von Nutzen war, als wo es galt, totes Fleisch und gewisse Gemüse zu konservieren, hatte Peter unter grossen Kosten und mit vieler Kunst eine Lake erfunden, die sich für Häuser, Gärten, Städte, Männer, Frauen, Kinder und Vieh eignet; er erhielt sie darin so unverletzt, wie Insekten im Bernstein sitzen. Nun erschien diese Lake für Geschmack, Geruch und Auge genau der gleich, die man für Fleisch und Butter und Häringe benutzt (und sie ist auch zu diesem Zweck oft mit grossem Erfolg angewandt worden); aber durch ihre vielen ganz hervorragenden Kräfte zeigte sie sich als etwas ganz andres. Denn Peter tat eine gewisse Menge seines Pimperlimpingpulvers hinzu, und dann blieb der Erfolg niemals aus. Die Anwendung geschah durch Sprengen zu einer bestimmten Zeit des Monats. Das, was gepökelt werden sollte, blieb, wenn es z.B. ein Haus war, vor allen Spinnen, Ratten und Wieseln bewahrt. War das von Schaden Befallene ein Hund, so blieb er verschont von Räude, Tollwut und Hunger. Die Lake beseitigte auch bei Kindern unfehlbar Krätze, Läuse und Kopfgrind und hinderte den Patienten niemals an der Erfüllung irgendeiner Pflicht, ob im Bett oder am Tisch.

Von allen Seltenheiten Peters aber schätzte er selbst am meisten eine gewisse Art von Bullen, deren Geschlecht zu gutem Glück in direkter Linie von jenen abstammte, die das goldene Fliess behüteten. Einige freilich, die sie angeblich genau beobachtet hatten, zweifelten daran, dass die

Zucht ganz rein erhalten war; denn in gewissen Eigenschaften waren sie entartet; und sie hatten gewisse andre sehr merkwürdige durch eine fremde Beimischung erworben. Die Stiere von Colchis sollen eherne Füsse gehabt haben; aber ob es nun an schlechter Weide und vielem Laufen lag, an einer Beimischung andrer Vorfahren und an verstohlenen Intrigen, ob eine Schwäche ihrer Erzeuger die Kraft des Samens vermindert hatte, oder ob ein durch lange Zeitläufte hin unausbleiblicher Verfall die Schuld trug, da alle Kinder der Natur in diesen letzten, sündigen Jahrhunderten der Welt entartet sind – welches auch die Ursache war, gewiss ist dies: Herrn Peters Bullen waren im Metall ihrer Füsse durch den Rost der Zeit stark verdorben, denn es war jetzt zu gemeinem Blei geworden. Das furchtbare Brüllen aber, das ihrem Geschlecht eigentümlich war, hatten sie bewahrt, und ebenso jene Eigenschaft, Feuer durch die Nüstern zu blasen; darin freilich sahen viele ihrer Verkleinerer nur ein Taschenspielerkunststück; sie behaupteten, es sei gar nicht so furchtbar, wie es aussähe; oder es sei nur die Folge ihrer gewöhnlichen Diät, denn ihr Futter bestand aus Raketen und Feuerschwärmern. Zwei besondere Kennzeichen aber hatten sie, die sie sehr stark von Jasons Stieren unterschieden und denen ich noch in der Schilderung keines andern Ungeheuers begegnet bin, ausser der bei Horaz:

> Varias inducere plumas;

und:

> Atrum definit in piscem.

Denn sie hatten Fischschwänze und konnten doch gelegentlich auch jeden Vogel in der Luft im Fluge schlagen. Peter gab diesen Bullen allerlei zu tun. Bisweilen liess er sie brüllen, damit sie ungezogene Knaben erschreckten und sie zur Ruhe brachten. Bisweilen schickte er sie mit wichtigen Missionen aus; und es war wunderbar, und vielleicht wird der vorsichtige Leser sich bedenken, es zu glauben, es zeigte sich ein „appetitus sensibilis", der von ihren edlen Ahnen, den Hütern des goldenen Fliesses, her durch die ganze Familie zu verfolgen ist; sie liebten das Gold so sehr, dass sie, wenn Peter sie ausschickte, und geschah es auch nur, um ein Kompliment zu überbringen, alsbald brüllten und spien, rülpsten und pissten und furzten und Flammen bliesen und in beständigem Aufruhr blieben, bis man ihnen ein Stück Goldes hinwarf; dann aber wurden sie „pulveris exigui jactu“ still und ruhig wie Lämmer. Kurz, ob es nun in geheimem Einverständnis oder mit der Ermutigung ihres Herrn geschah, oder ob ihre eigene gierige Liebe zum Golde daran schuld war, oder schliesslich vielleicht gar beides zugleich, gewiss ist, dass sie nichts andres waren als eine Art handfester, eisenfresserischer Bettler; und wo es ihnen nicht gelang, ein Almosen zu erpressen, da liessen sie die Weiber Fehlgeburten tun und Kinder in Krämpfe fallen. Schliesslich wurden sie für die ganze Gegend so sehr zur Plage, dass einige Herren aus dem Nordwesten sich ein Pack echter englischer Bulldoggen holten und sie so furchtbar hetzten, dass sie es hinfort unablässig spürten.

Eins der Projekte des Herrn Peter muss ich aber unbedingt noch erwähnen; es war ganz ausserordentlich und zeigte ihn als einen Meister von hohem Flug und tiefer Erfindungsgabe. So oft es sich begab, dass irgendein Halunke aus dem Gefängnis gehängt werden sollte, bot Peter ihm für eine bestimmte Summe Geldes die Begnadigung an. Wenn dann der arme Gefangene alles getan hatte, um diese Summe zusammenzuscharren und ihm zu schicken, so gab Seine Gnaden dafür ein Papier dieses Inhalts her:

„An alle Bürgermeister, Richter, Schliesser, Konstabler, Büttel und Henker usw.

Wir hören, dass A.B. in euren Händen ist, oder in den Händen einiger unter euch, und zwar als zum Tode Verurteilter; derowegen wünschen wir und befehlen euch, bei Sicht dieses besagten Gefangenen in sein Haus zu entlassen, sei er nun verurteilt wegen Mordes, Sodomiterei, Vergewaltigung, Kirchenraub, Blutschande, Verrat, Lästerung oder weswegen auch immer; des soll diese Urkunde für euch ein ausreichender Befehl sein; und wenn ihr es nicht tut, so fluche Gott euch und den Euren bis in alle Ewigkeit. Und also entbieten wir euch ein herzliches Lebewohl.

Euer sehr ergebener
Mensch der Menschen

Kaiser Peter."

Die Elenden, die sich darauf verliessen, verloren so Geld wie Leben.

Ich begehre von denen, die die Gelehrten der Nachwelt zu Kommentatoren dieses mühsamen Traktats ernennen, dass sie an gewissen dunklen Punkten, wo alle, die nicht vere adepti sind, in Gefahr schweben, voreilige und überschnelle Folgerungen zu ziehn, besonders in gewissen geheimnisvollen Abschnitten, wo um der Kürze willen gewisse arcana verschmolzen sind, die für die Erklärung wieder geteilt werden müssen, sehr vorsichtig verfahren. Und ich bin überzeugt, dass künftige Kinder der Kunst meinem Andenken für einen so dankenswerten und so nützlichen Wink überreiche Erkenntlichkeit erweisen werden.

Es wird nicht schwer sein, den Leser davon zu überzeugen, dass so viele wertvolle Entdeckungen in der Welt grossen Erfolg fanden; freilich kann ich ihm noch der Wahrheit gemäss versichern, dass ich bei weitem nur die kleinste Zahl angeführt habe. Es war meine Absicht, nur die herauszugreifen, die die meiste Frucht tragen werden, wenn man sie allgemein nachahmt, oder diejenigen, die am ehesten eine Vorstellung von dem Bereich und dem Verstand des Erfinders zu geben vermochten. Und so darf es denn auch nicht wundernehmen, wenn der Herr Peter mittlerweile ausserordentlich reich geworden war. Aber ach, er hatte sein Gehirn so lange und so gewaltsam auf die Folter gespannt, dass es schliesslich erschüttert war und sich zu seiner Erleichterung zu drehen begann. Kurz, vor Hochmut, Projekten und Halunkerei war der arme Peter verrückt geworden, und er litt an den wunderlichsten Einbildungen der Welt. Als seine Anfälle den Höhepunkt erreichten, nannte er sich (so geht es in der Regel mit denen, die aus Hochmut verrückt werden) „Gott, den Allmächtigen", und bisweilen auch den „Monarchen des Weltalls". Ich sah (so sagt mein Gewährsmann), wie er drei alte, hohe Hüte nahm und sie drei Stockwerk hoch alle zugleich auf den Kopf setzte; und dabei trug er an seinem Gürtel ein Schlüsselbund, und in der Hand hielt er eine

Angelrute. Und wer, um ihn zu begrüssen, nach seiner Hand griff, wenn er diese Verkleidung trug, dem reichte Peter gleich einem gutgezogenen Schosshund mit viel Anmut den Fuss und wenn man ihm diese Höflichkeit abschlug, so erhob er den Fuss bis zur Höhe des Kiefers und versetzte dem andern einen furchtbaren Tritt in den Mund, und das hat man seither stets seinen Gruss genannt. Wer an ihm vorbeiging, ohne ihm sein Kompliment zu machen, dem blies er, da er eine wunderbar starke Lunge hatte, den Hut in den Schmutz.

Derweilen nun ging in seinem Hause alles drunter und drüber, und seine beiden Brüder erlebten eine elende Zeit; sein erster Hieb war der, dass er eines Morgens ihre beiden Weiber zur Tür hinaus warf; und seines schickte er ihnen nach; dann gab er Befehl, an ihrer Stelle die drei ersten besten Dirnen von der Strasse aufzugreifen. Eine Weile darauf vernagelte er die Tür seines Kellers und wollte seinen Brüdern zu ihren Mahlzeiten keinen Tropfen mehr zu trinken geben. Als er dann eines Tages in der Stadt bei einem Ältesten speiste, hörte Peter, wie er sich nach der Art seiner Brüder im Preise einer Rinderlende erging. „Rindfleisch", sagte der weise Stadtälteste, „ist der König aller Fleischarten; Rindfleisch umfasst in sich die Quintessenz des Rebhuhns, der Wachtel, des Feldwilds, des Fasans, des Plumpuddings und des Eierrahms." Als Peter nach Hause kam, musste ihn wohl die Lust ankommen, diese Lehre für seinen Gebrauch zurechtzukochen und den Lehrsatz in Ermangelung einer Lende auf sein braunes Brot anzuwenden. „Das Brot," sagte er, „lieben Brüder, ist der Stab des Lebens; in diesem Brote ist implicite die Quintessenz des Rindfleischs, des Hammelfleischs, des Kalbfleischs, des Wildes, der Rebhühner, des Plumpuddings und des Eierrahms enthalten, und um die Sache ganz vollkommen zu machen, so ist auch eine gewisse Menge Wassers hineingemischt, dessen Unverdaulichkeit wiederum gemildert wird durch Sauerteig oder Bärme; auf diese Weise wird es zu einem gesunden, durchgegorenen Getränk, das diese ganze Brotmasse durchdringt." Kraft dieser Schlussfolgerungen wurde am nächsten Tage das braune Brot mit aller Förmlichkeit eines städtischen Gastmahls aufgetragen. „Kommt, meine Brüder", sprach Peter, „langt zu und seid nicht schüchtern; hier ist vortreffliches Hammelfleisch; oder halt, da ich einmal zugegriffen habe, so will ich euch reichen.“ Mit diesen Worten schnitt er mit Messer und Gabel sehr förmlich von dem Brot zwei schöne Schnitten ab und reichte sie seinen Brüdern auf einem Teller. Der ältere der beiden, der des Herrn Peter Gedanken nicht gleich begriff, begann das Geheimnis in sehr höflichen Worten zu untersuchen. „O mein Herr,“ sagte er, „ich denke mir in aller Unterwürfigkeit, hier werde ein Irrtum vorliegen.“ „Was?“ sprach Peter, „du bist lustig; komm, lass uns hören, mit was für einem Scherz dein Schädel schwanger geht.“ „Mit keinem, o mein Herr; aber wenn ich mich nicht sehr irre, so beliebte es Euer Gnaden vor einer Weile, ein Wort über Hammelfleisch fallen zu lassen, und ich würde mich von Herzen freuen, wenn ich es sehen könnte.“ „Wie?“ sagte Peter scheinbar in höchster Überraschung, „ich verstehe kein Wort.“ Worauf der jüngere eingriff, um die Sache ins Geleise zu bringen. „O mein Herr,“ sprach er, „ich vermute, mein Bruder ist hungrig, und ihn verlangt nach dem Hammelfleisch, das Euer Gnaden uns zum Mittagessen versprach.“ „Bitte,“ sagte Peter, „erklärt euch; entweder seid ihr alle beide verrückt, oder ihr möchtet lustiger sein, als ich es billigen kann. Wenn euch euer Stück nicht gefällt, so will ich euch ein andres abschneiden; obwohl mir eure da als die besten Bissen der ganzen Schulter erscheinen.“ „Wie, o mein Herr,“ versetzte der erste, „es scheint, dies soll die ganze Zeit her eine Hammelschulter sein?“ „Bitte,“ sagte Peter, „esst, was ihr zu essen habt, und lasst eure Unverschämtheiten, denn ich bin augenblicklich nicht in der Stimmung, Geschmack an ihnen zu finden.“ Aber der andre konnte sich nicht halten, denn der gespielte Ernst in Peters Zügen reizte ihn allzusehr. „Bei Gott, o mein Herr,“ sagte er, „ich kann nur sagen, dass dies meinen Augen, meinen Fingern, meinen Zähnen und meiner Nase nur als eine Brotkruste erscheint.“ Worauf auch der zweite ein Wort einflocht: „Ich habe in meinem Leben noch keine Hammelschulter gesehn, die einem Stück Zehngroschenbrot so ähnlich sah.“ „Passt auf, ihr Herrn,“ rief Peter in Wut, „um euch zu überzeugen, dass ihr ein paar blinde, unwissende, mutwillige Gelbschnäbel seid, will ich euch diesen klaren Beweis vorrechnen: bei Gott, es ist so echtes, gutes, natürliches Hammelfleisch wie nur irgendwelches auf dem Fleischmarkt; und Gott verdamme euch beide in alle Ewigkeit, wenn ihr es wagt, etwas andres zu glauben.“ Ein so schlagender Beweis liess für weitere Einwendungen keinen Raum. Die beiden Ungläubigen begannen ihren Irrtum so eilig wie möglich aufzugreifen und in die Tasche zu schieben. „Ja, wahrhaftig,“ sagte der erste, „bei reiflicherer Überlegung ...“ „Gewiss,“ sagte der andre, indem er ihn unterbrach, „jetzt, wo ich mir die Sache genauer überlege, scheint Euer Gnaden nicht wenig recht zu haben.“ „Schön,“ sagte Peter, „hier, Junge, giess mir dies Bierglas voll Rotwein; auf euer beider Wohl, von ganzem Herzen.“ Als die beiden Brüder sahen, dass er sich so leicht beruhigen liess, sprachen sie ihm ihren demütigsten Dank aus und sagten, sie würden Seinen Gnaden mit Freuden Bescheid tun. „Das sollt ihr,“ sagte Peter, „ich bin nicht der Mann, der euch etwas abschlägt, was angemessen ist; Wein ist, mässig genommen, ein Stärkungsmittel; hier ist für jeden von euch ein Glas; das ist reiner, natürlicher Rebensaft, nicht euer verdammtes Winzergebräu.“ Während er also sprach, reichte er einem jeden von ihnen eine zweite trockene Kruste, indem er ihnen zuredete, sie auszutrinken und nicht schüchtern zu sein, denn der Wein würde ihnen nicht schaden. Nachdem nun die beiden Brüder getan hatten, was man in so heikler Lage in der Regel tut, indem sie nämlich Herrn Peter und einander eine ausreichende Weile anstarrten, erkannten sie, wie die Dinge vermutlich ausgehn würden und beschlossen deshalb, sich auf einen neuen Streit nicht erst einzulassen, sondern ihm nachzugeben, wie er es verlangte; denn er war eben in einen seiner Wahnsinnsanfälle geraten, und noch länger zu streiten oder Einwände zu erheben, das hätte nur dazu gedient, ihn noch hundertmal widerspenstiger zu machen. Ich habe es vorgezogen, diese würdige Angelegenheit in allen Einzelheiten zu berichten, weil sie einen der Hauptanlässe zu jenem grossen und berühmten Bruch abgab, der die Brüder etwa um diese Zeit trennte und nie wieder behoben wurde. Aber davon werde ich in einem andern Teil handeln.

Auf jeden Fall steht fest, dass der hohe Herr Peter selbst in seinen lichten Augenblicken in seiner Unterhaltung sehr bösartig, äusserst eigensinnig und hartnäckig war und sich jederzeit lieber bis auf den Tod zankte, als dass er einmal zugab, im Unrecht zu sein. Ausserdem hatte er die abscheuliche Gabe, bei jeder Gelegenheit riesenhafte, handgreifliche Lügen vorzubringen; er beschwor dann nicht nur ihre Wahrheit, sondern schickte auch die ganze Gesellschaft in die Hölle, wenn man sich anmasste, sich im geringsten zu bedenken, bevor man ihm Glauben schenkte. Einmal schwor er, er hätte eine Kuh zu Hause, die könne bei einer einzigen Mahlzeit so viel Milch hergeben, dass man dreitausend Kirchen damit zu füllen vermöchte; und was noch ausserordentlicher war, diese Milch würde niemals sauer. Ein andermal erzählte er von einem alten Wegweiser, der seinem Vater gehört hatte, und dessen Nägel und Holz ausgereicht hätten, um sechzehn grosse Kriegsschiffe zu bauen. Als man eines Tages von chinesischen Wagen sprach, die so leicht gebaut seien, dass sie über Gebirge weg segelten, rief Peter: „Zum Henker, was ist da weiter wunderbar? Bei Gott, ich habe ein riesiges Haus aus Mörtel und Stein über Meer und Land fliegen sehn (freilich machte es ein paarmal halt, um zu fressen), und zwar über mehr als zweitausend deutsche Meilen." Und das beste dabei war, dass er derweilen verzweifelt schwor, er sage in seinem ganzen Leben keine Lüge; und bei jedem Wort versicherte er: „Bei Gott, meine Herrn, ich sage euch nichts als die Wahrheit; und der Satan soll alle ewig braten, die mir nicht glauben wollen!"

Kurz, Peter erregte so viel Ärgernis, dass die ganze Nachbarschaft in klaren Worten zu sagen begann, er sei nicht besser als jeder Halunke. Und da seine beiden Brüder seiner schlechten Behandlung seit langem müde waren, so beschlossen sie endlich, ihn zu verlassen; zunächst aber erbaten sie sich in aller Demut eine Abschrift von ihres Vaters Testament, das jetzt seit unvordenklichen Zeiten vernachlässigt dagelegen hatte. Statt ihnen aber diese Bitte zu gewähren, nannte er sie verdammte Hurensöhne, Schurken, Verräter und was er sonst an Schimpfnamen in seinem Gedächtnis finden konnte. Als er aber eines Tages in Dingen seiner Projekte ausser dem Hause war, ersahen die beiden jüngeren Brüder ihre Gelegenheit, drangen bis zu dem Testament vor und nahmen eine „copia vera", aus der sie alsbald erkannten, dass sie gröblich getäuscht worden waren; denn ihr Vater hatte sie zu gleichberechtigten Erben eingesetzt und streng befohlen, dass, was sie auch erwerben mochten, ihnen allen gemeinsam gehören sollte. Demgemäss war das erste, was sie taten, dass sie die Kellertür erbrachen, um sich einen guten kleinen Schluck zu holen und sich Mut zu trinken und ihr Herz zu trösten. Bei der Abschrift des Testaments waren sie auch noch auf eine Vorschrift wider das Huren, die Ehescheidung und das getrennte Leben gestossen; und also war das zweite, was sie taten, dass sie ihre Beischläferinnen fortjagten und ihre Weiber zurückholen liessen. Während nun all das im Gange war, kam ein Anwalt aus dem Gefängnis, um Herrn Peter zu bitten, dass er für einen Dieb, der am nächsten Tage gehängt werden sollte, die Begnadigung erwirkte. Aber die beiden Brüder sagten ihm, er sei ein Narr, wenn er einen Burschen um Gnade bitte, der viel eher gehängt zu werden verdiene als sein Klient; sie enthüllten die ganze Methode jenes Schwindels, wie ich sie vor einer Weile dargestellt habe, und rieten dem Anwalt, seinem Freund zu sagen, er möge sich die Begnadigung vom König erwirken. Während all dieses Aufruhrs und dieser Umwälzungen nun trat Peter ein, begleitet von einem Fähnlein Dragoner, die ihm hinter den Fersen herschritten; und als er von allen Seiten hörte, was in der Luft lag, warfen er und seine Bande nach mehreren Millionen von pöbelhaften Possen und Flüchen, die zu gleichgültig sind, um sie hier zu wiederholen, die beiden Brüder schönstens mit Gewalt zur Tür hinaus, um sie von jenem Tage an nie wieder unter seinem Dache aufzunehmen.

Fünfter Teil. Eine Abschweifung in moderner Art.

Wir, die die Welt mit dem Titel moderner Autoren zu ehren geruht, wären nimmermehr imstande gewesen, unser grosses Ziel dauernder Erinnerung und unsterblichen Ruhms zu erreichen, wenn nicht unsre Bemühungen dem allgemeinen Wohl der Menschheit so ausserordentlich förderlich gewesen wären. Dies, o Weltall, ist mein – deines Sekretärs – abenteuerliches Ringen:

... quemvis perferre laborem
Suadet et inducit noctes vigilare Serenas.

Zu diesem Zweck habe ich seit einiger Zeit mit unendlicher Mühe und Kunst den Leichnam der Menschennatur seziert und viele nützliche Vorlesungen über die verschiedenen enthaltenden und enthaltenen Teile gehalten; bis der Leichnam schliesslich so stark roch, dass ich ihn nicht mehr aufbewahren konnte. Da habe ich es mich denn viel kosten lassen, all die Knochen in rechter Symmetrie zu einem genauen System zusammenzufügen, so dass ich jetzt allen wissbegierigen Herrn und andern ein vollständiges Skelett zu zeigen bereit bin. Um aber mitten in einer Abschweifung nicht noch weiter abzuschweifen, wie ich es denn erlebt habe, dass einige Autoren immer eine Abschweifung in eine andre hineinsteckten, einem Satz Schachteln gleich, so behaupte ich, dass ich bei der sorgfältigen Sektion der Menschennatur eine sehr merkwürdige, neue und wichtige Entdeckung gemacht habe, die nämlich, dass das allgemeine Wohl der Menschheit auf zwei Wegen zu fördern ist: durch Belehrung und Zerstreuung. Und ich habe ferner in meinen genannten zahlreichen Vorlesungen, die die Welt vielleicht eines Tages sehen wird, wenn ich einen Freund überreden kann, ein Manuskript zu stehlen, oder gewisse Herrn unter meinen Bewunderern, mich sehr zu drängen – ich habe bewiesen, dass die Menschheit in ihrer jetzigen Stimmung viel mehr Nutzen davon hat, wenn man sie zerstreut, als wenn man sie belehrt; denn ihre epidemischen Krankheiten bestehn in wählerischem Wesen, Formlosigkeit und Schlaftrunkenheit; wohingegen im gegenwärtigen Universalreich des Witzes und der Gelehrsamkeit nur noch wenig vorhanden zu sein scheint, was sich lehren liesse. Im Einklang aber mit einer sehr alten und angesehenen Lehre habe ich versucht, die Sache in allen Höhen durchzusetzen: und ich habe durch diesen ganzen göttlichen Traktat hin beides sorgfältig durcheinander geknetet, indem ich immer eine Schicht des utile mit einer Schicht des dulce überdeckte.

Wenn ich mir überlege, wie ausserordentlich unsre erlauchten Modernen die matten glimmenden Lichter der Alten in den Schatten gestellt und sie von dem ganzen eleganten Markt verdrängt haben, und zwar bis zu einem Grade, dass die auserlesensten Männer von Geist in unsrer Stadt allen Ernstes darüber streiten können, ob es überhaupt jemals Alte gegeben hat oder nicht: über welchen Punkt wir vermutlich von den höchst nützlichen Arbeiten und Abhandlungen jenes würdigen Modernen, des Doktor Bentley, die wunderbarste Aufklärung erhalten werden – ich sage, wenn ich mir all das überlege, so kann ich nur beklagen, dass es noch kein berühmter Moderner unternommen hat, in einem kleinen Taschenband ein Universalsystem all dessen zusammenzustellen, was man im Leben wissen, glauben, sich vorstellen oder üben muss. Ich sehe mich freilich gezwungen, einzuräumen, dass ein grosser Philosoph von Obrasil vor einiger Zeit bereits an ein solches Unternehmen gedacht hat. Die Methode, die er vorschlug, ist in einem Geheimrezept niedergelegt, das ich nach seinem vorzeitigen Tode unter seinen Papieren fand und hier in meiner grossen Liebe zu den modernen Gelehrten niederschreibe; denn ich zweifle nicht, dass es eines Tages einen würdigen Unternehmer ermutigen wird.

„Man nehme schöne, korrekte Exemplare, gebunden in Kalbleder und auf dem Rücken versehen mit dem Titel: Exemplare aller modernen Kompendien der Künste und Wissenschaften, und zwar in welcher Sprache man will. Die destilliere man in balneo Mariae, indem man Mohnsaft dazutue, nebst drei Litern Lethe, wie man es in den Apotheken erhält. Die sordes und das caput mortuum schäume man sorgfältig ab und lasse alles, was flüchtig ist, verdunsten. Nur den Vorlauf hebe man auf; der muss dann noch siebzehnmal destilliert werden, bis der Rest nur noch etwa zwei kleine Gläschen füllt; den tue man in eine Glasflasche, die man einundzwanzig Tage lang hermetisch verschlossen halte. Dann beginne man die Behandlung und nehme jeden Morgen bei nüchternem Magen (nachdem man die Flasche zuvor geschüttelt hat) drei Tropfen dieses Elixiers, indem man es kräftig durch die Nase hochziehe. Es wird sich in vierzehn Minuten im Gehirn (wo Gehirn vorhanden ist) verteilen, und auf der Stelle wird man in seinem Kopf eine unendliche Fülle von Abrissen, Auszügen, Kompendien, Übersichten, Dispositionen, Blütenlesen und dergleichen mehr erkennen, die alle in schönste Ordnung gebracht sind und sich sofort zu Papier bringen lassen."

Ich muss gestehn, nur mit Hilfe dieses Geheimmittels habe ich, der ich sonst impar gewesen wäre, es gewagt, einen so verwegenen Versuch zu machen, der sonst noch nie gelang, ja noch nie unternommen wurde, ausser von einem gewissen Autoren namens Homer, bei dem ich, wiewohl er sonst nicht ohne einige Begabung ist und für einen Alten immerhin einiges Genie besitzt, viele grobe Irrtümer entdeckt habe, die man selbst seiner Asche noch nicht vergeben darf, wenn etwa von ihr noch etwas übrig ist. Denn während man uns versichert, er habe sein Werk als ein vollständiges corpus jeglichen menschlichen, göttlichen, politischen und technischen Wissens gedacht, so ist es doch klar, dass er einiges ganz vergessen hat und in allem andern sehr unvollständig ist. Zunächst mögen seine Jünger ihn als einen noch so hervorragenden Kabalisten hinstellen, sein Bericht über das opus magnum ist ausserordentlich ärmlich und mangelhaft; er scheint sowohl Sendivogus und Behmen wie die Anthrosophia theomagica nur sehr oberflächlich gelesen zu haben. Auch ist er in Dingen der „sphaera pyroplastica" sehr im Irrtum; eine Versäumnis, die sich gar nicht sühnen lässt; und (wenn der Leser einen so strengen Tadel dulden will) vix crederem autorem hunc unquam audivisse ignis vocem. Auch in Dingen der Technik sind seine Lücken vielfach nicht minder bedeutend. Denn obwohl ich seine Schriften mit der grössten Sorgfalt gelesen habe (wie sie unter Modernen gebräuchlich ist), habe ich doch niemals die geringste Anweisung über den Bau jenes nützlichen Instruments entdecken können, das man eine Lichtschere nennt. Hätten nicht die Modernen nachgeholfen, so könnten wir noch heute mangels ihrer im Dunkeln wandeln. Noch aber habe ich eine weit bekanntere Lücke in der Hinterhand, die dem Autor vorzuwerfen ist: ich meine seine grobe Unkenntnis des gemeinen Rechts in unserm Reiche und der Lehre wie auch der Verfassung der anglikanischen Kirche. Ein Mangel, dessenwegen er wie alle Alten höchst gerechterweise von meinem würdigen und geistreichen Freund, dem Herrn Wotton, Kandidaten der Theologie, getadelt worden ist, und zwar in seinem unvergleichlichen Traktat über die Alte und Moderne Gelehrsamkeit: es ist das ein Buch, das nie genug geschätzt werden kann, ob wir nun die glücklichen Wendungen und den Fluss des Witzes betrachten, den grossen Nutzen seiner erhabenen Entdeckungen über die Fliegen und den Speichel oder die gefeilte Beredsamkeit seines Stils. Und ich kann nicht umhin, diesem Autor die Gerechtigkeit widerfahren zu lassen, dass ich ihm öffentlich für die grosse Hilfe und all die Fingerzeige danke, die mir sein unvergleichliches Werk gab, als ich diese Abhandlung niederschrieb.

Aber abgesehn von den bereits erwähnten Unterlassungen des Homer wird der sorgsame Leser auch noch allerlei andre Mängel in den Schriften dieses Autors finden, für die er nicht ganz so verantwortlich ist. Denn da alle Zweige des Wissens seit seiner Zeit eine so wunderbare Förderung erfahren haben, zumal innerhalb der letzten drei Jahre oder doch ungefähr, so ist es nicht möglich, dass er in modernen Entdeckungen so vollkommen bewandert sein konnte, wie seine Fürsprecher es behaupten. Wir erkennen an, dass er der Erfinder des Kompasses, des Schiesspulvers und der Blutzirkulation war; aber ich fordere jeden seiner Bewunderer heraus, mir in all seinen Schriften eine vollständige Erklärung des Spleens zu zeigen. Lässt er uns nicht auch über die Kunst der politischen Wetten völlig im Dunkeln? Was kann mangelhafter und unbefriedigender sein als seine lange Abhandlung über den Tee? Und was seine Methode der Speichelkur ohne Quecksilber angeht, die man letzthin so sehr gefeiert hat, so ist sie meines Wissens und meiner Erfahrung nach etwas, worauf man sich nicht sehr verlassen kann.

Um so bedeutende Lücken auszufüllen, liess ich mich nach langen Bitten überreden, die Feder in die Hand zu nehmen; und ich kann wohl versprechen, dass der urteilsfähige Leser hier nichts vernachlässigt finden wird, was in irgendeiner Lebenslage von Nutzen sein kann. Ich bin überzeugt, dass ich alles aufgenommen und ausgeschöpft habe, wozu menschliche Phantasie empor- oder hinabsteigen kann. Vor allem empfehle ich der Lektüre der Gelehrten gewisse Entdeckungen, die von andern noch nie berührt worden sind und von denen ich unter vielen andern nur diese erwähnen will: Neues Handbuch für Schwätzer, oder die

Kunst, tief gelehrt und doch flach belesen zu sein; Eine merkwürdige Entdeckung über Mausefallen; Universalkanon der Vernunft, oder jedermann der Schmied seines eigenen Glücks; nebst einer sehr nützlichen Vorrichtung, um Eulen zu fangen. All das wird der verständige Leser in den verschiedenen Teilen dieser Abhandlung ausführlich erörtert finden.

Ich halte mich für verpflichtet, die Schönheiten und Vorzüge dessen, was ich schreibe, so klar wie möglich zu beleuchten: denn das ist jetzt die verbreitetste Mode und Art geworden, wie die ersten Autoren dieses gebildeten und gelehrten Jahrhunderts das Übelwollen kritischer Leser abwehren oder der Unwissenheit freundlicher Leser zu Hilfe kommen möchten. Ausserdem sind letzthin verschiedene berühmte Werke in Prosa wie Versen veröffentlicht worden, bei denen tausend gegen eins zu wetten ist, dass wir, hätten nicht die Verfasser in ihrer grossen Menschlichkeit und ihrer Liebe zum Publikum bis ins kleinste hinein auf alles Erhabene und Wunderbare hingewiesen, was sie enthalten, von beiden nicht ein Körnchen hätten entdecken können. Ich meinerseits kann freilich nicht leugnen, dass alles, was ich bei dieser Gelegenheit gesagt habe, besser in eine Vorrede gepasst hätte; dann wäre es mehr mit der Sitte in Einklang geblieben, die es in der Regel dorthin verweist. Ich halte es aber für angebracht, hier mein grosses und ehrenvolles Vorrecht als letzter Autor zu betonen. Ich erhebe als neuster Moderner Anspruch auf jene zu Recht bestehende unbedingte Macht, die mir despotische Gewalt über alle nach mir kommenden Autoren verleiht. Kraft dieses Anspruches missbillige ich hier jene verderbliche Sitte, die die Vorrede zu einem Speisezettel für das ganze Buch macht, und ich erkläre mich ausdrücklich gegen sie. Ich habe es stets als eine schwere Indiskretion angesehn, wenn die Inhaber von Schaubuden, in denen man Ungeheuer und andre Sehenswürdigkeiten zeigt, ein schönes, grosses, nach dem Leben gemaltes Bild mit einer beredten Beschreibung darunter über ihre Türen hängen. Ich habe dadurch manchen Groschen gespart, denn meine Neugier war befriedigt, und ich ging nicht mehr hinein, obgleich der drängende Redner mir folgte und mich mit seiner letzten, treibenden und stereotypen rhetorischen Wendung einlud: „Herr, auf mein Wort, die Vorstellung soll gerade beginnen". So geht es heute auch mit Vorreden, Widmungsbriefen, Ankündigungen, Einleitungen, Prolegomenas, Übersichten und „An den Leser"s. Das war zunächst ein wunderbarer Kunstgriff; unser grosser Dryden hat ihn längst so weit ausgebeutet, wie es möglich war, und zwar mit unglaublichem Erfolg. Er hat mir oft im Vertrauen gesagt, die Welt hätte ihn niemals für einen so grossen Dichter gehalten, wenn er ihr nicht so oft in seinen Vorreden versichert hätte, es sei unmöglich, dass sie je daran zweifle oder es vergesse. Vielleicht es ist so. Ich fürchte jedoch, seine Lehren haben an verkehrter Stelle gewirkt und die Menschen in gewissen Dingen klüger gemacht, in denen er sie niemals klüger wünschte. Es ist beklagenswert, wenn man sehn muss, mit welcher trägen Geringschätzung viel der gähnenden Leser unsrer Zeit vierzig oder fünfzig Seiten Vorrede oder Widmung (denn mit einer solchen lassen wir Modernen es in der Regel bewenden) überschlagen, als wären sie lateinisch geschrieben. Freilich ist auf der andern Seite auch wieder zuzugeben, dass bekanntermassen eine beträchtliche Anzahl dadurch zu geistreichen Männern oder Kritikern promoviert, dass sie sonst nichts lesen. Und in diese beiden Gruppen, scheint mir, lassen sich die heutigen Leser überhaupt am gerechtesten einteilen. Ich selber gestehe, dass ich zu den ersten gehöre; und da ich zugleich auch den modernen Hang habe, mich über die Schönheit meiner eigenen Erzeugnisse auszulassen und die glänzenden Teile meiner Abhandlung herauszustreichen, so hielt ich es für das beste, dies im Laufe des Werks zu tun; und hier ergibt nun diese Abschweifung eine beträchtliche Steigerung des Umfangs meines Bandes, ein Gesichtspunkt, den ein geschickter Schriftsteller keineswegs vernachlässigen darf.

Nachdem ich nun also einer feststehenden Sitte unsrer neusten Autoren die gebührende Huldigung und Anerkennung gezollt habe, indem ich eine lange, unerbetene Abschweifung und einen durch nichts provozierten allgemeinen Tadel einschob: indem ich mit vieler Mühe und grosser Geschicklichkeit meine eigenen Vorzüge und die Mängel der andern ans Licht hob, sehr gerecht gegen mich selbst und aufrichtig gegen sie, nehme ich jetzt endlich zur unbegrenzten Genugtuung des Lesers wie des Verfassers mein Thema wieder auf.

Sechster Teil. Ein Märchen von einer Tonne.

Wir haben Herrn Peter in offenem Bruch mit seinen beiden Brüdern verlassen; beide waren auf ewig aus seinem Hause verjagt und mit wenig oder nichts, worauf sie sich verlassen konnten, in die weite Welt verwiesen. Diese Umstände machen sie zu geeigneten Gegenständen für die Mildtätigkeit der Feder eines Schriftstellers, denn Szenen des Elends liefern grossen Abenteuern stets die reichste Ernte. Und hierin kann die Welt den Unterschied zwischen der Unbestechlichkeit eines grossherzigen Autors und der eines gewöhnlichen Freundes erkennen. Dieser, so lässt es sich beobachten, sucht im Glück engen Anschluss; aber wenn das Schicksal sich wendet, fällt er alsbald ab. Wohingegen der grossherzige Autor seinen Helden auf einem Misthaufen findet, ihn von dort aus stufenweise bis zu einem Thron erhebt und sich dann auf der Stelle zurückzieht, ohne für seine Mühe auch nur einen Dank zu erwarten. Diesem Beispiel gemäss habe ich den Herrn Peter in ein vornehmes Haus gesetzt, ihm einen Titel gegeben, den er tragen, und Geld, das er ausgeben kann. Dort will ich ihn eine Weile allein lassen und inzwischen dahin zurückkehren, wohin mich mein Erbarmen ruft, um nämlich seinen beiden Brüdern in ihrer niedrigsten Ebbe zu helfen. Ich werde jedoch keineswegs vergessen, dass ich als Geschichtsschreiber, was auch geschehe und wohin ich auch kommen mag, Schritt für Schritt der Wahrheit zu folgen habe.

Die beiden durch ihre Verhältnisse und ihre Interessen so eng verbundenen Verbannten nahmen gemeinsame Wohnung und begannen dort gleich in ihren ersten Mussestunden über die zahllosen Missgeschicke und Plagen ihres vergangenen Lebens nachzudenken; es gelang ihnen nicht so auf der Stelle, zu erkennen, welchem Fehler in ihrer Lebensführung sie all das zuschreiben sollten; aber nach einigem Sinnen fiel ihnen die Abschrift von dem Testament ihres Vaters ein, die sie sich so glücklich verschafft hatten. Sie holten sie auf der Stelle herbei und fassten mitsammen den festen Entschluss, zu ändern, was sie bereits verkehrt gemacht hatten und ihre künftigen Massnahmen streng in den dort verlangten Bahnen des Gehorsams zu halten. Der Hauptteil des Testaments bestand (wie der Leser es noch nicht gut vergessen haben kann) aus gewissen ausgezeichneten Regeln darüber, wie sie ihre Röcke tragen sollten; und als die beiden Brüder ihn durchlasen und bei jedem Satz Lehre und Befolgung verglichen, zeigte sich, dass niemals zwischen zwei Dingen so viel Unterschiede waren: jede Vorschrift war, es ist ein Grauen, offen übertreten worden. Woraufhin sie denn beschlossen, unverzüglich alles genau nach dem Willen ihres Vaters einzurichten.

Hier aber wird es gut sein, den eiligen Leser, der stets ungeduldig auf das Ende eines Abenteuers harrt, ehe wir Schriftsteller ihn genügend darauf vorbereiten können, einen Augenblick zurückzuhalten. Ich muss berichten, dass diese beiden Brüder sich um diese Zeit durch Namen zu unterscheiden begannen. Einer von ihnen wünschte Martin zu heissen; der andre nahm die Bezeichnung Jakob an. Die beiden hatten unter der Tyrannei ihres Bruders Peter in grosser Freundschaft miteinander gelebt, wie es die Gabe von Brüdern im Leide ist; denn Menschen im Unglück sind wie Menschen im Dunkeln, denen alle Farben gleich scheinen. Aber als sie in die Welt hinaustraten und sich einander und dem Licht zu zeigen begannen, stellte sich heraus, dass sie von sehr verschiedener Art waren, was zu beweisen ihnen der gegenwärtige Stand ihrer Angelegenheiten alsbald Gelegenheit gab.

Hier aber kann mir der gestrenge Leser mit Recht den Vorwurf eines kurzen Gedächtnisses machen, ein Mangel, dem ein wahrer Moderner unbedingt ein wenig ausgesetzt sein muss. Denn da das Gedächtnis eine auf die vergangenen Dinge gerichtete Beschäftigung ist, so ist es auch eine Fähigkeit, die die Gelehrten unsres erlauchten Zeitalters zu üben wenig Gelegenheit finden; denn sie geben sich nur mit dem Erfinden ab und prägen alle Dinge aus sich selbst heraus, oder wenigstens nur durch den Zusammenprall aufeinander; aus diesem Grunde halten wir es für im höchsten Grade vernünftig, unsre grosse Vergesslichkeit als einen unwiderleglichen Beweis für unsern grossen Verstand anzuführen. Ich hätte den Leser von rechtswegen etwa fünfzig Seiten früher davon unterrichten müssen, dass Herr Peter auf einen Einfall kam, den er auch seinen Brüdern einimpfte, nämlich den, jeden Putz, den die Mode aufbrachte, auf ihren Röcken zu tragen, ohne jemals den, der unmodern wurde, abzutrennen; sie behielten sie alle und trugen sie weiter, so dass mit der Zeit das närrischste Gemisch daraus wurde, das man sich nur vorstellen kann; es ging so weit, dass um die Zeit ihrer Entzweiung kaum noch ein Faden des ursprünglichen Rocks zu sehen war, sondern statt dessen nur eine unendliche Menge von Litzen und Bändern, Fransen, Stickereien und Spitzen (ich meine nur die, die mit Silber festgeheftet waren, denn die andern fielen ab!). Da nun diese wesentliche Einzelheit seinerzeit vergessen wurde, so trifft es sich sehr glücklich, dass sie mir hier einfällt, wo die beiden Brüder ihre Kleidung gerade wieder in den ursprünglichen Zustand versetzen wollen, wie er in ihres Vaters Testament beschrieben wird.

Sie machten sich beide einmütig an diese grosse Arbeit, indem sie bald auf ihre Röcke blickten und bald in das Testament. Martin war der erste, der Hand anlegte; mit einem einzigen Griff riss er eine grosse Handvoll Spitzen ab, mit einem zweiten zehn Dutzend Ellen Fransen. Als er aber so weit gegangen war, zauderte er eine Weile; er wusste recht gut, dass noch eine Menge zu tun blieb; als aber die erste Hitze vorüber war, kühlte seine Heftigkeit ab, und er beschloss, in der übrigen Arbeit massvoller vorzugehn; er hatte bereits nur mit Mühe einen gewaltigen Riss vermieden, als er die Spitzen abnahm, denn da sie mit Silber besetzt waren (wie wir schon bemerkt haben), so hatte der verständige Schneider sie scharfsinnigerweise doppelt genäht, um ein Abfallen zu verhindern. Als er demnach beschloss, seinen Rock von einer grossen Menge Goldborte zu befreien, suchte er sehr vorsichtig die einzelnen Stiche und zog die losen Fäden im Fortschreiten sorgfältig heraus; und es erwies sich, dass diese Arbeit Zeit verlangte. Dann machte er sich an die gestickten Figuren der Männer, Weiber und Kinder, gegen die sich, wie man an der betreffenden Stelle gehört hat, ihres Vaters Testament mit besonderer

Strenge und Schärfe aussprach; diese waren nach einer Weile mit viel Geschick und Fleiss vollständig ausgerodet oder getilgt. Wo er im übrigen bemerkte, dass die Stickerei so eng aufgenäht war, dass man sie nicht beseitigen konnte, ohne das Tuch zu beschädigen, oder wo sie dazu diente, irgendeine schlechte Stelle im Tuch zu verdecken oder zu stärken – schlechte Stellen, wie sie entstanden waren durch die beständige Arbeit der Schneider an dem Tuch –, da kam er zu dem Schluss, es sei das weiseste, sie stehn zu lassen; denn er wollte auf keinen Fall, dass das Tuch selber jetzt noch Schaden litte, weil er glaubte, so diene er am besten dem echten Sinn und dem Zweck des Testaments. Dies aber ist der genaueste Bericht, den ich habe über Martins Vorgehn bei dieser Gelegenheit zusammenbringen können.

Sein Bruder Jakob aber, dessen Abenteuer so ausserordentlich waren, dass sie im Rest dieser Abhandlung den Stoff für den grösseren Teil abgeben werden, machte sich in andrer Gesinnung und in sehr verschiedenem Geist an die Arbeit. Denn die Erinnerung an Herrn Peters Beschimpfungen erzeugte einen Grad des Hasses und der Wut in ihm, der ihn weit stärker vorwärts trieb als irgendeine Rücksicht auf seines Vaters Befehle, und bestenfalls war sie den andern Beweggründen untergeordnet. Für dieses Gemisch von Launen gelang es ihm aber einen sehr schönen Namen zu finden, denn er ehrte es mit dem Titel des Eifers; und das ist vielleicht das bedeutungsvollste Wort, das irgendeine Sprache jemals hervorgebracht hat; ich denke, ich habe das in meiner ausgezeichneten analytischen Abhandlung über dieses Thema ausführlich bewiesen, denn ich habe dort einen histori-theo-physiologischen Bericht über den Eifer gegeben, indem ich zeigte, wie er zunächst aus einem Begriff zu einem Wort wurde, und aus einem Wort reifte er in einem heissen Sommer zu einer greifbaren Substanz. Dieses Werk, das drei grosse Foliobände umfasst, gedenke ich in Kürze in der modernen Art und Weise als Subskriptionsdruck erscheinen zu lassen, und ich zweifle nicht daran, dass der hohe und niedere Adel des Landes mir jede nur erdenkliche Ermutigung wird angedeihen lassen, nachdem sie einen solchen Vorgeschmack von dem genossen haben, was ich zu leisten imstande bin.

Ich verzeichne also, dass Bruder Jakob, bis an den Rand voll von dieser wunderbaren Mischung und entrüsteten Gedanken an Peters Tyrannei, und ferner auch noch durch Martins Kleinmut erbittert, seine Entschliessungen also einleitete: „Was!“ rief er, „ein Halunke, der seinen Wein einschloss, unsre Weiber verjagte, uns um unser Vermögen betrog, uns seine verdammten Brotkrusten als Hammelfleisch aufhing und uns zum Schluss zur Tür hinauswarf – sollen wir nach dessen Mode gehn, zum Henker? Und dabei ist er ein Schurke, gegen den die ganze Strasse anschreit!“ Nachdem er sich so nach Kräften selbst entflammt und angeschürt hatte, war er natürlich nicht gerade in der richtigen Stimmung, um eine Reformation zu beginnen; aber er machte sich dennoch sofort ans Werk; in drei Minuten brachte er mehr fertig, als Martin in ebensoviel Stunden. Denn, höflicher Leser, du musst verstehn, dass der Eifer niemals so freudig arbeitet, wie wenn man ihm etwas zu zerreissen gibt; und da Jakob jene Eigenschaft an sich selber liebte, so liess er ihr diesmal freies Spiel. So begab es sich, dass er mit einem Bündel Goldborte, die er ein wenig zu hastig herunterzerrte, auch den Rumpf seines Rockes von oben bis unten auseinanderriss; und da er im Nähen nicht gerade sehr begabt war, wusste er nichts besseres zu tun, als ihn mit einem Strick und einer Packnadel wieder zusammenzustopfen. Unendlich viel schlimmer wurde die Sache aber noch (ich berichte es unter Tränen), als er zu den Stickereien kam; denn da er von Natur plump und von Charakter ungeduldig war und dabei Millionen von Stichen erblickte, die die geschickteste Hand und die ruhigste Veranlagung verlangten, so riss er in heller Wut das ganze Stück mit dem Tuch und allem heraus und warf es in die Gosse; und indem er sein Werk in dieser Weise wütend fortsetzte, rief er: „Ach, guter Bruder Martin, um Gottes willen, tu wie ich; zerre, reisse, ziehe, schinde, damit wir dem Halunken Peter nur so unähnlich sehn wie möglich. Ich möchte nicht um hundert Pfund die geringste Spur an mir tragen, die den Nachbarn Gelegenheit gäbe, zu argwöhnen, ich sei mit einem solchen

Schurken verwandt.“ Martin aber, der um diese Zeit eben ganz besonders phlegmatisch und gesetzt war, bat seinen Bruder in aller Liebe, seinen Rock auf keinen Fall zu beschädigen; denn einen zweiten solchen würde er nimmermehr finden; er flehte ihn an, zu bedenken, dass es nicht ihre Aufgabe sei, ihre Handlungsweise nach irgendwelchen Gedanken an Peter zu richten, sondern die Regeln zu beobachten, die in ihres Vaters Testament gegeben sind. Er möchte nicht vergessen, dass Peter immer noch ihr Bruder wäre, welche Fehler oder unrechte Handlungen er auch begangen haben mochte; und deshalb müssten sie sich vor allen Dingen davor hüten, ihre Massnahmen im Guten wie Schlimmen nach keiner andern Regel zu richten als der Opposition gegen ihn. Freilich spreche sich das Testament ihres guten Vaters in jeder Einzelheit über die Art, wie sie ihre Röcke tragen sollten, sehr genau aus; aber es drohe nicht weniger Strafen an und sei nicht minder streng, wo es Einigkeit, Freundschaft und Liebe zwischen ihnen dreien verlange. Und wenn man es schon in irgendeinem Punkt übertreten dürfe, so sei es sicherlich eher erlaubt, wo es der Förderung der Einigkeit als der Steigerung der Feindschaft diene.

Martin war ebenso ernst und ruhig fortgefahren, wie er begonnen hatte, und zweifellos hätte er einen wundervollen Vortrag über die Moral gehalten, der sowohl die seelische wie leibliche Ruhe meines Lesers befördert hätte (und das ist das wahre Endziel jeder Ethik), wenn nicht Jakob bereits um einen Pfeilschuss jenseits der Grenze seiner Geduld gewesen wäre. Und in scholastischen Disputationen erregt nichts so sehr die Wut des Opponenten, wie eine Art absichtlicher, pedantischer Ruhe bei dem Verteidiger; Disputierende sind in den meisten Fällen wie zwei ungleichbelastete Wagschalen; die Schwere der einen Seite erhöht die Leichtigkeit der andern, so dass diese emporfliegt und wider den Balken stösst. So ging es denn auch hier: Martins Schwere erhöhte Jakobs Leichtigkeit, so dass er emporflog und wider seines Bruders Mässigung ausschlug. Kurz, Martins Geduld brachte Jakob in Wut; was ihn aber am härtesten traf, war dies, dass er seines Bruders Rock so hübsch in den Stand der Unschuld zurückversetzt sah, während sein eigener entweder bis auf das Hemd zerrissen war, oder – an den Stellen, die seine grausamen

Krallen noch nicht erreicht hatten – immer noch Peters Livree trug. Daher sah er denn auch aus wie ein betrunkener Geck, der von ein paar Kerlen halb ausgezogen wurde, oder wie ein frischer Insasse des Gefängnisses, der sich geweigert hat, das Eintrittsgeld zu zahlen, oder wie ein entdeckter Ladendieb, der den Börsenweibern überlassen wird, oder wie eine Kupplerin in ihrem alten Samtunterrock, die den weltlichen Händen des Pöbels preisgegeben wurde. Gleich irgendeinem von diesen oder gleich allen erschien jetzt der unglückliche Jakob als ein Gemisch von Lumpen und Borten und Rissen und Fransen; er wäre sehr froh gewesen, wenn sein Rock ausgesehn hätte wie der Martins; unendlich viel froher aber noch, wenn der Martins ausgesehn hätte wie seiner. Da aber beides kaum eintreten konnte, so beschloss er, der ganzen Sache eine neue Wendung zu geben und die Not zur Tugend zu machen. Nachdem er also so viele Fuchsgründe angeführt hatte, wie er nur finden konnte, um Martin zur Vernunft zu bringen, wie er es nannte – er meinte aber, in seine eigene, verhunzte Verfassung –, und als er merken musste, dass alles vergeblich war, was blieb da, ach, dem verlorenen Jakob anders übrig, als nach einer Million Schmähungen auf seinen Bruder vor Gift und Ärger und Widerspruchsgeist verrückt zu werden. Um es kurz zu sagen, so begann hier ein tödlicher Bruch zwischen den beiden. Jakob zog auf der Stelle in eine neue Wohnung, und nach ein paar Tagen wurde es als sicher berichtet, dass er den Verstand verloren hätte. Bald darauf erschien er in den Strassen und bestätigte den Bericht dadurch, dass er auf die wunderlichsten Possen verfiel, die je ein krankes Gehirn ausbrütete.

Und nun begannen ihn die kleinen Jungen in den Strassen mit allerlei Namen zu begrüssen. Bisweilen nannten sie ihn Jakob, den Kahlen; bisweilen Jakob mit der Laterne; bisweilen Den hollandschen Jakob; bisweilen Hugo, den Franzmann; bisweilen Tom, den Bettler, und bisweilen den hauenden Jakob aus dem Norden. Und unter einer oder einigen oder allen dieser Benennungen (ich überlasse es dem gelehrten Leser, das zu entscheiden) rief er die höchst erlauchte und epidemische Sekte der Aeolisten ins Leben, die in ehrenvollem Gedenken noch jetzt den berühmten Jakob als ihren Urheber und Gründer anerkennt. Über ihren Ursprung und über ihre Prinzipien gedenke ich jetzt der Welt zu ihrer Befriedigung sehr genau Bericht zu erstatten.

Melleo contingens cuncta lepore.

Siebenter Teil. Eine Abschweifung zum Lobe der Abschweifungen.

Ich habe bisweilen von einer Iliade in der Nussschale gehört; aber es war mein besonderes Glück, dass ich viel öfter eine Nussschale in einer Iliade zu sehen bekam. Es kann kein Zweifel darüber bestehn, dass die Menschheit von beiden die wundervollsten Segnungen erhalten hat; wem von beiden die Welt aber am meisten verdankt, das überlasse ich den Gelehrten zu entscheiden; es ist ein Problem, das ihrer genauesten Untersuchung würdig ist. Für die Erfindung der letztem, denke ich, ist die Gelehrtenrepublik vor allem der grossen modernen Einrichtung der Abschweifungen zu Dank verpflichtet; denn die letzten Verfeinerungen im Wissen, die denen in der Kost unsrer Nation parallel laufen, wie sie jetzt unter Leuten von urteilsfähigem Geschmack mit Hilfe von allerlei Mischungen zubereitet wird, bestehn in Suppen, Allerleis, Frikassees und Ragouts.

Freilich gibt es eine Klasse mürrischer, nörgelnder, unerzogener Leute, die tun, als fänden sie absolut keinen Geschmack an diesen eleganten Neuerungen; und was das Gleichnis von der Kost angeht, so räumen sie ein, dass es zutrifft, aber sie erkühnen sich und behaupten, ein derartiger Vergleich bedeute an sich eine Verderbnis und Entartung des Geschmacks. Sie erzählen uns, die Mode, fünfzig verschiedene Dinge in einer Schüssel durcheinanderzurütteln, sei zuerst aus Nachgiebigkeit gegen verderbte und ausschweifende Gelüste und kränkliche Konstitutionen eingeführt worden; und wenn man sehn muss, wie ein Mensch durch ein Allerlei dem Kopf und Gehirn einer Gans, einer Speckente oder einer Schnepfe nachjagt, so ist das ein Zeichen, dass sein Magen und seine Verdauung substantiellerer Nahrung nicht mehr gewachsen sind. Ferner behaupten sie, Abschweifungen in einem Buch seien wie fremde Truppen in einem Staat, die beweisen, dass es der Nation an einem eigenen Kopf und Herzen fehlt; und oft unterwerfen sie die Eingeborenen oder treiben sie in die unfruchtbarsten Winkel.

Was aber auch von diesen hochmütigen Tadlern eingewandt werden mag, es ist klar, dass die Gesellschaft der Schriftsteller bald zu einer unbeträchtlichen Anzahl zusammenschrumpfen würde, wenn die Menschen darauf angewiesen wären, unter der verhängnisvollen Einschränkung, dass sie nichts sagen dürfen, als was zur Sache gehört, Bücher zu machen. Es steht fest, dass es, ständen die Dinge bei uns wie bei den Griechen und Römern, als die Gelehrsamkeit noch in ihrer Wiege lag, und erst noch durch die Erfindungsgabe gesäugt, genährt und bekleidet werden sollte – dass es da eine leichte Aufgabe wäre, ganze Bände über besondere Anlässe zu füllen, ohne dass man sich über müssige Nebenuntersuchungen, die das Hauptthema fördern oder beleuchten, hinaus vom Gegenstand zu entfernen brauchte. Aber mit dem Wissen ist es gegangen wie mit einem zahlreichen Heer, das in einem fruchtbaren Lande lagert und sich ein paar Tage von den Produkten des Bodens nährt, auf dem es sich befindet; wenn aber die Vorräte ausgehn, werden Teile der Truppen gar manche Meile weit geschickt, um zu fouragieren, einerlei, ob in Freundes- oder Feindesland. Derweilen werden die Nachbarfelder, die zerstampft und niedergetreten sind, unfruchtbar und dürr und geben keine Nahrung mehr ausser Wolken Staubes.

Da so die ganze Lage der Dinge zwischen uns und den Alten verschieden ist, und da die Modernen sich dessen klugerweise bewusst sind, so haben wir Menschen dieses Jahrhunderts eine kürzere und gescheitere Methode gefunden, Gelehrte und Männer von Geist zu werden, ohne uns erst die Mühe des Lesens oder Denkens zu machen. Der vollkommensten Wege, Bücher zu benutzen, sind gegenwärtig zwei. Man behandelt sie, wie manche Leute grosse Herrn behandeln: lernt ihre Titel auswendig und prahlt dann mit ihrer Bekanntschaft. Oder aber, und das ist denn freilich die vornehmere, tiefere und gebildetere Methode, man nimmt gründliche Einsicht in das Register, durch das das ganze Buch gelenkt und gewendet wird, wie die Fische durch ihren Schwanz. Denn durch das grosse Tor in den Palast der Gelehrsamkeit einzuziehen, erfordert beträchtlichen Aufwand an Zeit und Förmlichkeiten; und deshalb begnügen sich Leute, die es eilig haben und auf Formen keinen Wert legen, damit, durch die Hintertür hineinzuschlüpfen. Denn die Künste sind alle auf fliegendem Marsch und also am leichtesten zu unterjochen, wenn man sie von der Nachhut her angreift. So entdecken Ärzte den Gesundheitszustand des ganzen Körpers, indem sie nur untersuchen, was von hinten kommt. So greifen die Menschen das Wissen auf, indem sie ihren Verstand einem Buch auf den Hintern werfen, genau wie Knaben Spatzen fangen, indem sie ihnen Salz auf die Schwänze streuen. So versteht man nach der Regel des Weisen das Leben des Menschen am besten, wenn man sich das Ende besieht. So werden die Wissenschaften gleich den Ochsen des Herkules gefunden, indem man sie rückwärts verfolgt; so werden alte Wissenschaften alten Strümpfen gleich aufgeräufelt, indem man an ihren Fersen beginnt ... Abgesehn von all dem aber hat sich das Heer der Wissenschaften jüngst mit unendlich viel militärischer Zucht zusammengeschlossen, so dass man in allergrösster Beschleunigung eine Musterung abhalten kann. Diese grosse Segnung haben wir einzig den Systemen und Abrissen zu verdanken, in denen die modernen Väter der Gelehrsamkeit gleich klugen Wucherern ihren Schweiss zu unsrer, ihrer Kinder, Erleichterung hergaben. Denn Mühe ist die Saat des Müssiggangs, und es ist das besondere Glück unsrer Zeit, dass sie die Früchte erntet.

Da nun die Methode, um weise, gelehrt und erhaben zu werden, zu etwas so Regelrechtem geworden ist und in allen Formen so fest steht, so muss sich die Zahl der Schriftsteller demgemäss vermehrt haben, und zwar bis zu einem Grade, der es unbedingt notwendig gemacht hat, dass sie sich unablässig ins Gehege kommen. Ausserdem hat man ausgerechnet, dass gegenwärtig in der Natur nicht mehr genügend Stoff vorhanden ist, um irgendein besonderes Thema so zu versehn und auszuschmücken, dass es noch einen Band zu füllen vermag. Das habe ich von einem sehr geschickten Rechner gehört, der es nach allen Regeln der Arithmetik genau nachgewiesen hat.

Hiergegen werden vielleicht jene, die die Unendlichkeit des Stoffs verteidigen und also nicht zugeben, dass irgendeine Art des Stoffs sich erschöpfen lässt, Einwendungen erheben. Zur Antwort darauf wollen wir den edelsten Zweig modernen Witzes oder moderner Erfindung untersuchen, der gepflanzt und gepflegt wurde von dem gegenwärtigen Jahrhundert, und der von allen die meisten und die schönsten Früchte getragen hat. Denn obgleich uns einige Trümmer von ihm auch von den Alten hinterlassen wurden, so sind sie doch, so weit ich weiss, niemals übersetzt noch auch für den modernen Gebrauch in Systeme zusammengetragen worden. Deshalb können wir zu unsrer eigenen Ehre versichern, dass er gewissermassen von denselben Händen erfunden und bis zur Vollkommenheit gebracht worden ist. Ich meine aber jenes viel gepriesene Talent der modernen Leute von Geist, Gleichnisse, Anspielungen und Parallelen, die überraschend, treffend und passend sind, den Schamteilen beider Geschlechter und ihrem jeweiligen Gebrauch zu entnehmen. Und wahrlich, als ich beobachtete, wie wenig Erfindung Anklang findet, wenn sie nicht in diese Kanäle einlenkt, so habe ich mir bisweilen gedacht, dass der glückliche Genius unsres Jahrhunderts und Landes prophetisch dargestellt wurde in jeder alten allegorischen Schilderung der indischen Pygmäen; sie waren nicht mehr als zwei Fuss hoch; sed quorum pudenda crassa et ad talos usque pertingentia. Nun habe ich die jüngsten Erzeugnisse, in denen derlei Schönheiten am sichtbarsten erschienen, sehr emsig durchsucht. Und obwohl diese Ader so reichlich Blut gespendet hat und man jede nur in der Macht des menschlichen Atems stehende Anstrengung machte, um sie zu erweitern, zu verlängern und offen zu halten: den Skythen gleich, die ein Instrument besassen, mit dem sie nach einer ihrer Sitten die Schamteile ihrer Stuten aufbliesen, auf dass sie mehr Milch hergäben, so fürchte ich doch, dass diese Ader bald versiegen wird, und zwar ganz hoffnungslos; und dass man entweder wird für eine neue Quelle des Witzes sorgen müssen, wenn das möglich ist, oder dass wir uns auch hier wie in allen andern Dingen mit der blossen Wiederholung begnügen müssen.

Dies wird als ein unbestreitbares Beispiel dafür dienen, dass unsre modernen Männer von Geist nicht auf die Unerschöpflichkeit des Stoffes rechnen dürfen, um beständig Vorrat an Themen zu haben. Was also bleibt da noch übrig, als dass wir zuletzt unsre Zuflucht zu grossen Inhaltsverzeichnissen und kleinen Kompendien nehmen. Man muss in Fülle Zitate sammeln und alphabetisch ordnen; und obwohl man zu diesem Zweck nur wenig Autoren zu Rate zu ziehen braucht, so muss man doch Kritiker, Kommentatoren und Wörterbücher sorgfältig lesen. Vor allem aber muss man liebevoll in jenen verständigen Sammlern glänzender Einfälle und „Blüten" und Sentenzen suchen, wie manche sie die Siebe und Mehlbeutel der Gelehrsamkeit nennen, wiewohl es unbestimmt bleibt, ob sie mit Perlen oder Mehl handeln, und also auch, ob wir höher zu schätzen haben, was darin bleibt oder was durchstaubt.

Durch diese Methoden schiesst in wenigen Wochen gar mancher Schriftsteller empor, der imstande ist, die tiefsten und allgemeinsten Themen zu behandeln. Wenn nur sein Gemeinplatzbuch voll ist, so mag sein Kopf immerhin leer sein; und wenn man ihm nur die Kleinigkeiten der Methodik, des Stils und der Grammatik und Erfindung vorgibt und ihm die allgemeinen Privilegien zugesteht, dass er, so oft er seine Gelegenheit ersieht, aus andern abschreiben und von sich selber abschweifen darf, so wird er weiter nichts verlangen, um einen Traktat zurechtzuflicken, der sich auf dem Bücherbrett des Buchhändlers stattlich ausnehmen und zierlich und sauber eine Ewigkeit hindurch dort stehen bleiben wird, geziert mit dem Wappen seines Titels, der schön auf ein Etikett geschrieben ist; nie darf er von Lernbegierigen mit Daumenabdrücken oder Fettflecken versehen noch auch in einer Bibliothek an ewige Ketten des Dunkels gebunden werden. Wenn aber die Zeit erfüllet ist, so wird er sich selig dem Gericht des Fegefeuers unterwerfen, um zum Himmel emporzusteigen.

Wie wäre es ohne dergleichen Zugeständnisse möglich, dass wir modernen Leute von Geist je Gelegenheit haben sollten, unsre Sammlungen, die unter so vielen tausend Titeln verschiedener Art auftreten, an den Mann zu bringen; ohne sie aber wäre die gelehrte Welt unendlicher Freude sowohl wie unendlicher Belehrung beraubt, und wir selber versänken hoffnungslos in ruhmloser und unterschiedsloser Vergessenheit.

Auf Grund solcher Elemente denke ich noch den Tag zu erleben, an dem die Gilde der Autoren all ihre Brüder aus dem Felde schlagen kann. Dieses Glück ist uns nebst manchen andern von unsern skythischen Vätern her überkommen, unter denen die Zahl der Federn so unendlich gross war, dass die griechische Beredsamkeit sie nicht anders zu schildern vermochte als indem sie sagte: in den Regionen des hohen Nordens könne der Mensch kaum reisen, weil die ganze Luft von Federn angefüllt sei.

Die Notwendigkeit dieser Abschweifung wird ihre Länge leicht entschuldigen; ihre Stelle habe ich so gut gewählt, wie ich nur konnte. Wenn der urteilsfähige Leser mir eine bessere zu zeigen vermag, so ermächtige ich ihn hierdurch, sie an jede beliebige andre Stelle zu rücken. Und damit kehre ich in grosser Behendigkeit zu wichtigeren Dingen zurück.

Achter Teil. Ein Märchen von einer Tonne.

Die gelehrten Aeolisten behaupten, der erste Ursprung aller Dinge sei der Wind; aus diesem Prinzip sei zu Anfang das ganze Weltall entstanden, und in dies Prinzip müsse es sich schliesslich wieder auflösen; derselbe Hauch, der die Flamme der Natur entfacht und geschürt habe, werde sie eines Tages auch ausblasen:

> Quod procul an nobis flectat fortuna gubernans.

Es ist dies das, was die adepti unter ihrer „anima mundi“ verstehn; das heisst der Geist oder Hauch oder Wind der Welt; denn man prüfe das ganze System nach den Einzelheiten der Natur, und man wird finden, dass es sich nicht anfechten lässt. Denn ob man nun die forma informans des Menschen mit den Namen spiritus, animus, afflatus oder anima belege; was sind diese Worte andres als verschiedene Benennungen des Windes,

des herrschenden Elements in allen Zusammensetzungen, in das sie sich auch bei ihrer Verwesung wieder auflösen? Und was ist er ferner selbst als der Hauch unsrer Nase? Daher denn auch die Naturkundigen mit Recht anmerken, dass der Wind noch immer in gewissen Mysterien, die namenlos bleiben mögen, von grossem Nutzen ist und Anlass gibt zu jenen glücklichen Beiworten turgidus und inflatus, die man anwendet auf die ausscheidenden oder aufnehmenden Organe.

Nach dem, was ich aus alten Berichten entnommen habe, sehe ich, dass ihre Lehre zweiunddreissig Punkte umfasste, die einzeln aufzuführen aber zu weitläufig wäre. Ein paar ihrer wichtigsten Vorschriften jedoch, die sich daraus ableiten lassen, dürfen nicht fortbleiben. Vor allem war folgender Grundsatz von grosser Wichtigkeit. Da der Wind in allen Zusammensetzungen den Hauptbestandteil bildet, wie er denn auch das wirkende Ingredienz ist, so müssen natürlich jene Wesenheiten von besonderer Vortrefflichkeit sein, in denen jenes primordium am deutlichsten vorherrscht; und demnach bedeutet der Mensch die höchste Vollkommenheit aller erschaffenen Dinge, denn er ist durch die grosse Güte der Philosophen mit drei verschiedenen Animas oder Winden begabt worden, denen die gelehrten Aeolisten mit grosser Freigebigkeit sogar noch einen vierten hinzugefügt haben, der ebenso notwendig ist wie die andern drei und ebensosehr zur Zierde gereicht, und dieses quartum principium bezieht die vier Himmelsrichtungen ein. Was wiederum jenem berühmten Kabalisten Bombastus Gelegenheit gab, den Körper des Menschen den vier Himmelsrichtungen gegenüber in die richtige Stellung zu bringen.

Demnach lautete ihr nächster Grundsatz, dass der Mensch einen bestimmten Anteil oder Keim des Windes mit zur Welt bringt, den man die quinta essentia nennen kann, weil er aus den andern vier entnommen ist. Diese Quintessenz ist in allen Lagen des Lebens allgemein anwendbar; sie lässt sich zu allen Künsten und Wissenschaften ausarbeiten und durch gewisse Methoden der Erziehung wunderbar verfeinern und erweitern. Und wenn sie ihre Vollkommenheit erreicht hat, sollte sie nicht gierig aufgespeichert, erstickt oder unter dem Scheffel verborgen, sondern der

Menschheit freigebig mitgeteilt werden. Aus diesen und andern ebenso schwerwiegenden Gründen behaupten die Aeolisten, dass die Gabe des Rülpsens der edelste Teil eines vernunftbegabten Wesens ist. Um diese Kunst zu pflegen und der Menschheit noch dienstbarer zu machen, wandten sie verschiedene Methoden an. Zu gewissen Jahreszeiten konnte man ihre Priester sehn, wie sie in ungeheurer Anzahl dastanden, die weiten Münder offen gegen den Sturm gerichtet. Zu andern Zeiten konnte man mehrere hundert von ihnen zu einer kreisförmigen Kette verbunden sehn, und jeder hatte seinem Nachbar einen Blasebalg in den Hintern gesteckt; so bliesen sie sich auf, bis sie Gestalt und Umfang einer Tonne hatten, und aus diesem Grunde nannten sie ihre Körper in der Regel ihre Gefässe. Wenn sie dann durch diese und ähnliche Dinge voll genug geworden waren, so brachen sie auf der Stelle auf und entluden zum allgemeinen Nutzen einen reichlichen Anteil ihrer Errungenschaften in die Kiefer ihrer Jünger. Denn wir müssen hier anmerken, dass jede Gelehrsamkeit unter ihnen als aus demselben Prinzip herrührend galt. Erstens wird allgemein behauptet und anerkannt, dass Gelehrsamkeit den Menschen aufbläst, und zweitens bewiesen sie es noch durch folgenden Syllogismus: Worte sind nichts als Wind, und die Gelehrsamkeit besteht aus nichts als Worten; ergo ist Gelehrsamkeit nichts als Wind. Aus diesem Grunde teilten die Gelehrten unter ihnen in den Schulen ihren Schülern ihre ganzen Lehren und Anschauungen nur durch Rülpsen mit, und darin hatten sie es bis zu einer wunderbaren Beredsamkeit von ganz unglaublicher Mannigfaltigkeit gebracht. Das grosse Merkmal aber, durch das ihre grössten Weisen sich am besten unterschieden, war eine gewisse Gesichtsverfassung, die unzweifelhaft verriet, bis zu welchem Grade und in welchem Verhältnis der Geist die inneren Massen erregte. Denn nach einem gewissen Bauchgrimmen erst strömten die Winde und Dünste heraus; und zuvor verursachten sie durch ihren inneren Aufruhr und ihre Erschütterungen ein Erdbeben in der kleinen Welt des Menschen; sie verzerrten den Mund, blähten die Wangen auf und gaben den Augen ein furchtbares Relief. In solchen Lagen galten all ihre Rülpser als heilig; je saurer sie waren, um so besser; und ihre magern Jünger verschlangen sie unter unendlicher Befriedigung. Und um sie noch vollkommener zu machen, wurden, da der Lebenshauch des Menschen in seiner Nase liegt, die auserlesensten, erbaulichsten und belebendsten Rülpser durch diesen Kanal ausgestossen, der ihnen beim Durchgang seine Färbung lieh.

Ihre Götter waren die vier Winde, und sie verehrten sie als die Geister, die das Weltall durchdringen und beleben, und als diejenigen, von denen, wie man mit Recht sagen kann, alle Inspiration ausgeht. Der wichtigste unter ihnen jedoch, derjenige, vor dem sie die „Latria“-Andacht vollführten, war der allmächtige Nordwind, eine uralte Göttin, die auch die Bewohner von Megalopolis in Griechenland in höchsten Ehren hielten: omnium deorum Boream maxime celebrant. Obwohl dieser Gott die Gabe der Allgegenwart besass, so nahmen die tieferen Aeolisten doch an, er habe eine besondere Behausung, oder (um ganz korrekt zu reden) einen coelum empyraeum, in dem er intimer anwesend war. Dieser besondere Himmel nun lag in einer bestimmten Region, die den alten Griechen genau bekannt war und die sie Skotia oder das Land des Dunkels nannten. Und obwohl sich über dieses Thema viel Streit erhoben hat, so ist doch das eine unbestreitbar, dass die raffiniertesten Aeolisten aus einer Gegend gleichen Namens stammten, und aus ihr haben zu allen Zeiten die Eiferer unter ihrer Priesterschaft ihre erlesensten Eingebungen geholt, die sie in gewissen Blasen mit eigner Hand von der Quelle holten, um sie in allen Nationen unter den Sektierern auszubreiten, die täglich danach lechzten und keuchten, lechzen und keuchen und ewig lechzen und keuchen werden.

Nun wurden ihre Mysterien und Riten in dieser Weise vollzogen. Es ist den Gelehrten wohlbekannt, dass die Techniker früherer Zeiten ein Mittel kannten, Winde in Fässern und Tonnen zu transportieren und zu konservieren, was auf langen Seereisen von grossem Nutzen war; und dass eine so nützliche Kunst heute völlig verloren gegangen ist, ist sehr zu beklagen, obwohl sie, ich weiss nicht wie, sehr nachlässigerweise von Pancirollus ausgelassen wurden. Es war eine Erfindung, die man Aeolus selber zuschrieb, nach dem diese Sekte sich nannte; und um das Andenken ihres Gründers zu ehren, hat diese Sekte bis auf den heutigen Tag eine grosse Anzahl jener Fässer aufbewahrt, von denen sie in jedem ihrer Tempel eins anbringen; den Deckel schlagen sie heraus; und in dieses Fass steigt an den Tagen der Feste der Priester hinein, und nachdem er sich zuvor mit Hilfe der schon geschilderten Methoden sorgfältig vorbereitet hat, wird von seinem Hintern aus eine geheime Röhre zum Boden des Fasses geführt, die durch einen nach Norden gerichteten Spalt oder eine Ritze die Zufuhr neuer Inspiration ermöglicht. Da kann man dann sehn, wie er auf der Stelle anschwillt und Form und Umfang seines Gefässes annimmt. In dieser Haltung nun entleert er ganze Stürme auf sein Auditorium, je nachdem der Geist von unten ihm den Atem leiht, der ihn, kommend ex adytis et penetralibus, nicht ohne grosse Schmerzen und viel Bauchgrimmen verlässt. Und wenn der Wind hervorbricht, wirkt er auf sein Gesicht, wie er auf die Oberfläche des Meeres wirkt, indem er es erst schwärzt, dann in Falten wirft und schliesslich zu Schaum emporpeitscht. Auf diese Weise gibt der geheiligte Aeolist seine Mundrülpser weiter an seine Jünger, die mit offenem Munde dastehn; manche von ihnen schnappen gierig nach dem geweihten Hauch, und andre summen derweilen das Lob der Winde vor sich hin; und so, sanft von ihrem eigenen Gesumm hin und her getrieben, verkörpern sie den linden Hauch ihrer befriedigten Gottheiten.

Auf Grund dieser Sitte der Priester behaupten einige Autoren, diese Aeolisten seien in der Welt sehr alten Ursprungs. Denn die Feier ihrer Mysterien, die ich soeben geschildert habe, deckt sich offenbar genau mit der gewisser alter Orakel, deren Inspiration gewissen unterirdischen Ausströmungen des Windes entsprangen, die für den Priester mit denselben Schmerzen und für das Volk mit derselben Wirkung verbunden waren. Freilich wurden diese Orakel oft von Priesterinnen geleitet und mitgeteilt, weil man glaubte, ihre Organe seien besser geeignet für die Aufnahme jener Windstösse, denn sie eilten in und durch ein Gefäss von grösserer Fassungskraft und verursachten unterwegs auch noch einen gewissen Kitzel, der aus einer fleischlichen in eine geistige Wollust verwandelt wurde. Und um diese tiefe Vermutung noch zu bekräftigen, macht man ferner geltend, dass die Sitte, weibliche Priester anzustellen, in gewissen besonders verfeinerten Schulen der modernen

Aeolisten noch immer besteht, und diese Priesterinnen erhalten, darüber ist man sich einig, ihre Inspiration durch vorbenannten Kanal genau gleich ihren Vorfahrinnen, den Sibyllen.

Und da nun der Geist des Menschen, wenn er seinem Denken Sporn und Zügel zu fühlen gibt, nicht mehr inne hält, sondern ganz von selber in die beiden Extreme rennt, ins Hohe und Niedre, Gute und Böse, so entrückt ihn sein erster Gedankenflug in der Regel zu den Vorstellungen all dessen, was im höchsten Grade vollkommen, abgeschlossen und erhaben ist; dann aber schwingt er sich aus seinem eigenen Bereich und seiner Sehweite hinaus und merkt nicht, wie nah die Grenzen der Höhe und der Tiefe nebeneinander liegen; und im gleichen Lauf und Schwung fällt er, plumps, hinab auf den tiefsten Boden der Dinge, dem gleich, der über den Osten in den Westen reicht, oder auch einer geraden Linie, die durch ihre eigene Länge schliesslich zum Kreise wird. Sei es nun, dass eine Beimischung der Bosheit in unserm Wesen uns den Hang eingibt, jeder glänzenden Vorstellung auch ihr Gegenteil beizugesellen, oder dass die Vernunft, wenn sie das Gesamtbild der Dinge überschaut, der Sonne gleich nur dazu dienen kann, die eine Hälfte des Erdballs zu erleuchten, während sie die andre notwendigerweise im Schatten und im Dunkel lässt; oder dass die Phantasie, wenn sie emporfliegt zu den Begriffen all dessen, was das Höchste und Herrlichste ist, ihr Ziel überschiesst und ihre Kräfte ausgibt und müde wird und plötzlich wie ein toter Paradiesvogel zu Boden stürzt; oder dass ich schliesslich nach all diesen metaphysischen Vermutungen den echten Grund noch ganz verfehlte – auf jeden Fall ist der Satz, auf den es mir hier so sehr ankam, darum doch vollkommen wahr; der Satz nämlich, dass die zivilisiertesten Teile der Menschheit, wie sie auf die eine oder andre Art emporkletterten zu einer Vorstellung von Gott oder von der höchsten Macht, so auch selten vergassen, ihren Ängsten schauerliche Begriffe zu liefern, die ihnen an Stelle von bessern einigermassen als Teufel dienen konnten. Und dieses Vorgehn scheint natürlich genug zu sein; denn es geht den Menschen, deren Phantasie sich sehr hoch erhebt, ebenso wie denen, deren Körper hoch erhoben wird; wie sie der Vorzug einer näheren Betrachtung des Oben entzückt, so beängstigt sie der grauenhafte Blick in einen Abgrund unten. Und in der Wahl eines Teufels hat demnach die Menschheit in der Regel die Methode verfolgt, dass sie sich ein wirkliches oder visionäres Wesen auserkor, wie es zu dem Gott, den sie geformt hatte, im schärfsten Gegensatz stand. Auch die Sekte der Aeolisten also schuf sich die Angst und das Grauen und den Hass wider zwei boshafte Wesen, die mit den Gottheiten ihrer Verehrung in beständiger Feindschaft lebten. Das erste war das Chamäleon, der geschworene Feind der Inspiration, der grosse Wirkungen ihres Gottes verschlingt, ohne auch nur den geringsten Hauch durch Rülpser wieder herzugeben. Das andre war ein riesiges furchtbares Ungeheuer namens Moulinavent, das vermöge vier starker Arme mit all ihren Gottheiten ewigen Krieg führte, indem es sich geschickt drehte, um ihren Schlägen auszuweichen und sie ihnen mit Zinsen heimzuzahlen.

So gut wurde die Sekte mit Gottheiten und Teufeln versehen, jene berühmte Sekte, die noch heutigen Tages in der Welt eine so erlauchte Rolle spielt, und von der jene gebildete Nation der Lapländer einen gut beglaubigten Zweig bildet, daher ich denn auch nicht unterlassen kann, ihrer hier ehrenvoll Erwähnung zu tun, zumal sie in allen Dingen sowohl des Interesses wie der Neigungen mit ihren Bruderäolisten in unserm Lande so eng verbunden sind, dass sie nicht nur ihre Winde im grossen von denselben Kaufleuten einkaufen, sondern sie auch im Kleinhandel zu den gleichen Preisen und in derselben Weise und an ziemlich ähnliche Kunden vertreiben.

Ob nun das hier vorgetragene System ganz und gar von Jakob erfunden, oder, wie einige Autoren es glauben, vielmehr nach dem Vorbild von Delphi kopiert worden ist, natürlich mit gewissen Zusätzen und Verbesserungen, wie sie zur Zeit und zu den Umständen passen, das will ich nicht mit Sicherheit entscheiden. So viel aber kann ich behaupten, dass Jakob ihm wenigstens eine neue Wendung gab und ihm die Gewandung und die Form verlieh, wie ich sie dargestellt habe.

Ich habe lange nach dieser Gelegenheit gesucht, einer Gesellschaft von Menschen Gerechtigkeit widerfahren zu lassen, die ich ganz besonders ehre und deren Anschauungen und Bräuche durch die Bosheit oder

Unwissenheit ihrer Gegner ausserordentlich falsch dargestellt und verleumdet worden sind. Ich halte es für eine der grössten und besten Taten des Menschen, wenn er Vorurteile beseitigt und die Dinge in ihr gerechtestes und wahrstes Licht rückt; das tue ich deshalb, ohne irgend etwas für mich selbst zu erwarten ausser der Beruhigung meines Gewissens, der mir erwachsenden Ehre und dem Dank, der mir gebührt.

Neunter Teil. Eine Abschweifung über den Ursprung, den Nutzen und die Förderung des Wahnsinns im Staate.

Auch wird es den gerechten Ruf dieser berühmten Sekte nicht schmälern, dass ihre Einsetzung und Errichtung einem Manne zu verdanken sind, wie ich Jakob geschildert habe – einem Menschen, dessen Intellekt auf dem Kopf stand und dessen Gehirn aus seiner natürlichen Lage herausgeschüttelt worden war; wir halten das in der Regel für eine geistige Störung und nennen es mit dem Namen des Wahnsinns oder Irrsinns. Denn wenn wir die grössten Taten überblicken, die unter dem Einfluss einzelner in der Welt vollbracht worden sind: die Errichtung neuer Reiche durch Eroberung; die Förderung und die Fortschritte neuer philosophischer Systeme: und die Erfindung und Ausbreitung neuer Religionen – so werden wir erkennen, dass all ihre Urheber Leute waren, deren natürliche Vernunft durch ihre Diät, ihre Erziehung, das Vorherrschen irgendeines Hanges und zugleich durch die besondre Wirkung der Luft und des Klimas grossen Revolutionen zugänglich gewesen war. Ausserdem enthält der menschliche Geist etwas Individuelles, was sich durch die zufällige Annäherung und den Anprall gewisser Verhältnisse leicht entzündet; mögen diese Verhältnisse auch anscheinend geringfügig und unerheblich sein, so explodieren sie doch gar oft und werden dann zu den grössten Erregern des Lebens. Denn grosse Wendungen werden nicht immer durch starke Hände herbeigeführt, sondern durch ein glückliches Zugreifen im geeigneten Augenblick; und es ist gleichgültig, wo das Feuer entzündet wurde, wenn nur der Dunst ins Gehirn eingedrungen ist. Denn die obere Region des

Menschen ist ausgestattet wie die mittlere Region der Luft; die Stoffe entstammen äusserst verschiedenen Ursprüngen und bringen doch schliesslich die gleiche Substanz und Wirkung hervor. Nebel erheben sich aus der Erde, Dämpfe aus Misthaufen und der Rauch aus dem Feuer; und doch sind alle Wolken sowohl ihrer Zusammensetzung nach wie in ihren Folgen untereinander gleich, und die Dünste, die aus einem Abtritt kommen, werden einen ebenso schönen und nützlichen Nebel liefern wie der Weihrauch von einem Altar. So viel, denke ich, wird man mir leicht zugestehn; und daraus folgt, dass, wie das Angesicht der Natur niemals Regen hervorbringt, es sei denn, dass es bewölkt und trübe ist, so auch der menschliche Verstand, der seinen Sitz im Gehirn hat, von Dünsten getrübt und überzogen sein muss, von Dünsten, die aus den unteren Fähigkeitsregionen emporsteigen, um die Erfindungsgabe zu bewässern und fruchtbar zu machen. Obwohl nun diese Dünste, wie bereits gesagt, ebenso verschiedenen Ursprungs sind wie die des Himmels, so unterscheiden sich doch ihre Erzeugnisse in Art und Grad einzig nach dem Boden. Ich will zwei Beispiele anführen, um zu beweisen und klar zu machen, was ich behaupte.

Ein gewisser grosser Fürst hob ein gewaltiges Heer aus, füllte seine Kassen mit unendlichen Schätzen, sorgte für eine unbesiegliche Flotte; und all das, ohne seinen grössten Ministern oder seinen nächsten Günstlingen im geringsten davon Mitteilung zu machen. Auf der Stelle war die ganze Welt in Ängsten; die Nachbarkronen standen in zitternder Erwartung, nach welchem Punkt der Sturm losbrechen würde, und die kleinen Politiker stellten überall tiefe Vermutungen auf. Manche glaubten, seine Absicht gehe auf eine Weltmonarchie; andre entschieden sich nach vieler Überlegung dafür, es handle sich um einen Plan, den Papst zu entthronen und die reformierte Kirche einzuführen, der er einst selber angehört hatte. Wieder andre, deren Scharfsinn noch tiefgründiger war, schickten ihn nach Asien, um die Türken zu unterjochen und Palästina zu befreien. Und mitten unter all diesen Projekten und Vorbereitungen erkannte ein gewisser Staatschirurg die Art der Krankheit an all diesen Symptomen; er unternahm die Kur, vollzog die Operation auf einen einzigen Schlag, durchstach den Beutel und liess die Dünste entfliegen; und nichts fehlte daran, um die Sache zu einer vollkommenen Kur zu machen, als dass der Fürst unglücklicherweise während der Operation verstarb. Nun ist der Leser im höchsten Grade neugierig darauf, woher dieser Dunst stammte, der die Nationen so lange geblendet hatte. Welches geheime Rad, welche verborgene Feder konnte eine so wundervolle Maschine in Bewegung setzen? Man entdeckte später, dass die Bewegung dieser ganzen Rüstung geleitet worden war durch die Abwesenheit einer Dame, deren Augen eine Erektion bewirkt hatten, während sie vor dem Erguss in Feindesland entrückt worden war. Was sollte nun ein unglücklicher Fürst unter diesen kitzligen Umständen beginnen? Vergebens versuchte er es mit des Dichters nie versagendem Rezept der corpora quaeque; denn

> Idque petit corpus mens unde est saucia amore;
> Unde ferritur, eo tendit, gestitque coire.
> *Lucr.*

Nachdem er erfolglos alle friedlichen Bemühungen unternommen hatte, wurde der gesammelte Same, indem er aufstieg und sich entzündete, erst feurig und dann zu Galle; worauf er sich ins Rückenmark wandte und zum Gehirn emporstieg. Dasselbe Prinzip, das einen Eisenfresser treibt, einer Hure, die ihn abgeschüttelt hat, die Fenster einzuwerfen, treibt auch ganz von selber einen grossen Fürsten, gewaltige Heere auszuheben und von nichts mehr zu träumen als von Belagerungen, Schlachten und Siegen.

> Teterrima belli
> Causa

Das andre Beispiel besteht in dem, was ich irgendwo bei einem sehr alten Autoren über einen mächtigen König gelesen habe, der sich mehr als dreissig Jahre hindurch damit amüsierte, Städte zu erobern und zu verheeren, Heere zu schlagen und sich schlagen zu lassen, Fürsten aus ihren Ländern zu vertreiben, Kinder von Brot und Butter fortzuschrecken, zu brennen und zu verwüsten und Untertanen und Fremde, Freund und Feind, Mann und Weib durch Militärmacht vom Protestantismus zu bekehren und hinzuschlachten. Es wird berichtet, dass die Philosophen aller Länder ernsthaft darüber disputierten, welche natürlichen, moralischen und politischen Ursachen für diese Erscheinung eine Erklärung zu liefern vermöchten. Schliesslich aber packte der Dunst oder Geist, der des Helden Gehirn beseelte, dieweil er in ständigem Kreislauf war, auch jenen Teil des menschlichen Körpers, der dafür berühmt ist, dass er die zibeta occidentalis liefert; und indem er sich dort zu einem Geschwür sammelte, verschaffte er dem Rest der Welt auf eine Weile Frieden. So ungeheuer folgenreich ist der Umstand, wo sich dergleichen Ausdünstungen festsetzen; und so wenig kommt es darauf an, woher sie stammen. Dieselben Dünste, die bei ihrem Lauf durch die oberen Körperteile ein Königreich erobern würden, enden, wenn sie zum Hintern niedersinken, in einer Fistel.

Jetzt aber wollen wir die grossen Erfinder neuer philosophischer Systeme untersuchen und nachforschen, bis wir entdecken, aus welcher Fähigkeit der Seele bei den Sterblichen der Hang entspringt, mit gierigem Eifer neue Systeme über Dinge aufzustellen, die nach allseitigem Anerkenntnis niemand wissen kann, welcher Saat dieser Hang entsprosst und welcher Eigenschaft in der menschlichen Natur diese grossen Neuerer die Zahl ihrer Schüler verdanken. Denn es ist klar, dass viele von den Grössten unter ihnen in der Regel von ihren Gegnern, ja von allen ausser ihren eigenen Anhängern für verrückt oder von Sinnen gehalten wurden, weil sie meist in ihren alltäglichen Worten und Handlungen eine Methode verfolgten, die sich von den gewöhnlichen Anforderungen unverfeinerter Vernunft sehr stark unterschied; dagegen stimmten sie in ihren verschiedenen Erscheinungen meist sehr genau mit ihren gegenwärtigen unstrittigen Nachfolgern in der Akademie von Bedlam überein (deren Verdienste und Prinzipien ich an der gebührenden Stelle des ferneren untersuchen werde). Zu dieser Gattung gehörten Epikur, Diogenes, Apollonius, Lucretius, Paracelsus, Descartes und andre mehr;

und wenn diese alle jetzt, von ihren Anhängern abgetrennt und streng gefesselt in der Welt lebten, so würden sie in unsrer Zeit, die keine Unterschiede macht, klärlich Gefahr laufen, dass man sie zur Ader liesse, peitschte und in Ketten und dunkle Kammern auf Strohlager würfe. Denn welcher Mensch könnte wohl bei natürlicher Denkart je darauf verfallen, es stände in seiner Macht, die Begriffe aller Menschen in genau dieselbe Länge und Breite und Höhe zu bringen wie seine eigenen? Und doch ist dies die erste demütige und höfliche Absicht aller Neuerer im Kaiserreich der Vernunft. Epikur hoffte in aller Bescheidenheit, irgendwann würde sich von ungefähr ein Zusammenstrom der Ansichten aller Menschen nach beständigem Kampf des Scharfen mit dem Glatten, des Leichten mit dem Schweren, des Runden mit dem Viereckigen, vermöge gewisser „clinamina“ zu den Vorstellungen der Atome und der Leere herausbilden, wie es mit diesen Dingen selber bei der Erstehung der Welt geschah. Cartesius hoffte es vor seinem Tode noch zu erleben, dass die Gesinnungen aller Philosophen gleich ebensoviel geringeren Sternen in seinem romantischen System in seinen eigenen Zenith einbezogen und gerissen würden. Nun würde ich gern erfahren, wie es möglich ist, solche Phantasien zu erklären, ohne dass man seine Zuflucht zu meinem Phänomen der Dünste nimmt, die aus den unteren Kräften emporsteigen, um das Gehirn zu überschatten und sich dort zu Begriffen zu destillieren, für die die Beschränktheit unsrer Muttersprache noch keinen andern Namen gefunden hat als den des Wahnsinns oder Irrsinns. Jetzt also wollen wir untersuchen, woher es kommt, dass es keinem dieser grossen Lehrer je misslingt, sich und ihre Anschauungen mit einer Anzahl unbedingter Jünger zu versehn. Und ich denke, der Grund ist leicht zu erkennen; denn es gibt eine bestimmte Saite in der Harmonie des menschlichen Verstandes, die bei verschiedenen Individuen genau gleich gestimmt ist. Und wenn man sie geschickt bis zur rechten Oktave spannt und dann leicht anschlägt, so werden alle, die den gleichen Klang in sich bergen, falls man das Glück hat, unter einige von ihnen geraten zu sein, vermöge einer geheimen, notwendigen Sympathie zugleich genau dieselbe Saite erklingen lassen. Und in diesem einen Umstand liegt alles Glück und alle Geschicklichkeit bei der Sache; denn wenn man die Saite unter solchen anschlägt, die entweder über oder unter der eignen Klanghöhe bleiben, so werden sie einen, statt Beifall zu zollen, mit Fesseln binden, werden einen wahnsinnig nennen und mit Wasser und Brot ernähren. Es ist daher eine Sache grossen Taktes, dass man unterscheide und dieses edle Talent je nach den Verschiedenheiten der Zeit und den Menschen anpasse. Cicero wusste das sehr genau, als er an einen Freund in England schrieb und ihn unter anderm warnte, sich zu hüten, dass ihn unsre Droschkenkutscher nicht betrögen (denn es scheint, sie waren in jenen Zeiten schon ebenso arge Halunken wie heutzutage); er hat da diese bemerkenswerte Stelle: Est quod gaudeas te in ista loca venisse, ubi aliquid sapere viderere. Denn um eine verwegene Wahrheit auszusprechen, so ist es ein verhängnisvoller Missgriff, wenn man die Dinge so übel einrichtet, dass man in der einen Umgebung als ein Narr gilt, während man in der andern als Philosoph behandelt werden würde. Ich wollte, dass einige Herren meiner Bekanntschaft diesen Spruch als einen sehr zeitgemässen Fingerzeig in ihrem Herzen bewahrten.

Das war denn auch der verhängnisvolle Missgriff jenes würdigen Herrn, meines höchst scharfsinnigen Freundes, des Herrn Wotton, eines Menschen, der allem Anschein nach für grosse Dinge und Leistungen vorbestimmt war, einerlei, ob man nach seinen Begriffen oder nach seinem Aussehn schloss. Sicherlich ist niemand jemals mit besseren Gaben des Geistes und des Körpers vor die Öffentlichkeit getreten, wo es galt, eine Religion auszubreiten. Oh, wären diese glücklichen Talente, statt fälschlicherweise auf eine eitle Phantasie verwandt zu werden, in die rechten Kanäle der Träume und Visionen gelenkt worden, wo die Verwachsenheit des Geistes und freche Stirn so triumphierend von Nutzen sind, so hätte die gemeine schmälende Welt nie zu berichten gewagt, es sei etwas nicht in Ordnung und sein Gehirn habe eine unglückliche Erschütterung erlebt; und das flüstern selbst seine Brudermodernisten, die Undankbaren, so laut, dass es bis in die Dachstube hinaufklingt, in der ich jetzt schreibe.

Und wer sich schliesslich die Mühe macht, die Quelle der Begeisterung zu untersuchen, aus der zu allen Zeiten ewig so kräftig düngende Ströme entsprangen, der wird erkennen, dass die Quelle genau so trüb und kotig war wie der Strom selber. So ungeheuer nützlich ist eine Beimischung dieses Dunstes, den die Welt Wahnsinn nennt, dass die Welt ohne ihre Hilfe nicht nur jener zwei grossen Segnungen, Eroberungen und Systeme beraubt bliebe, sondern dass auch die ganze Menschheit zu ihrem Unglück gezwungen wäre, in allen unsichtbaren Dingen den gleichen Glauben zu bekennen. Da nun unser früheres Postulatum lautete, es sei gleichgültig, welchen Ursprungs diese Dünste sind, und es komme nur darauf an, in welchen Winkeln sie auf den Verstand stossen, um ihn von dort aus zu durchdringen, oder in welche Art des Gehirns sie emporsteigen, so wird es eine heikle Aufgabe sein, einem anspruchsvollen und gelehrten Leser haarscharf die verschiedenen Gründe auseinanderzuspalten, die Gründe dafür, weshalb dieser Zahlenunterschied im Gehirn so ungeheuer verschiedene Wirkungen eines und desselben Dunstes hervorrufen kann, dass er der einzige Anlass der Individuation zwischen Alexander dem Grossen, Jakob von Leyden und Herrn Descartes ist. Diese Beweisführung ist die abstrakteste, auf die ich mich jemals eingelassen habe; sie verlangt, dass ich meine Fähigkeiten bis aufs äusserste anspanne; und ich möchte, dass der Leser unter schärfstem Grübeln acht gebe, denn ich mache mich jetzt daran, diesen schwierigen Punkt zu entwirren.

Es gibt in der Menschheit einen gewissen ... (Hic multa desiderantur.)

... Und dies erscheint mir als eine klare Lösung des Problems.

Nachdem ich also diese verwickelte Schwierigkeit so genau durchforscht habe, wird der Leser, davon bin ich überzeugt, mit mir in der Schlussfolgerung übereinstimmen, dass, wenn die Modernen unter dem Wahnsinn nur eine Störung oder Verschiebung des Gehirns verstehn, wie sie sich durch gewisse Dünste ergeben, die aus den unteren Kräften emporsteigen, dass dann dieser Wahnsinn der Vater all jener gewaltigen Umwälzungen war, die in der Herrschaft, in der Philosophie und der Religion stattgefunden haben. Denn das Gehirn macht seinen Besitzer, solange es in seiner natürlichen Lage und in seinem Zustand der Heiterkeit verharrt, geneigt, sein Leben in den gewohnten Formen zu verleben, ohne dass er daran denkt, seiner Herrschaft, seinen Gründen oder seinen Visionen Menschenmengen zu unterwerfen. Und je mehr er seinen Verstand nach dem Muster menschlicher Gelehrsamkeit gestaltet, um so weniger ist er geneigt, nach seinen eigenen Begriffen Parteien zu bilden, denn das unterrichtet ihn über seine eignen Schwächen und über die steifnackige Unwissenheit des Volkes. Wenn aber eines Menschen Phantasie rittlings seine Vernunft besteigt, wenn die Einbildungskraft mit seinen Sinnen im Kampfe hegt und der gesunde Menschenverstand zur Tür hinausgeworfen wird, so ist er selbst der erste Proselyt, den er macht; und sowie das erreicht ist, ist es nicht mehr schwer, auch andre zu gewinnen; eine starke Täuschung wirkt stets von aussen her ebenso kräftig wie von innen. Denn Phrase und Vision sind für das Auge und das Ohr dasselbe, was ein Kitzeln für das Gefühl ist. Die Unterhaltungen und Vergnügungen, die wir im Leben am meisten schätzen, sind jene, die die Sinne täuschen und den Schalk mit ihnen spielen. Denn wenn wir prüfen, was im allgemeinen unter Glück verstanden wird, wenigstens, soweit es sich auf den Verstand und die Sinne bezieht, so werden wir erkennen, dass all seine Haupt- und Nebeneigenschaften sich unter dieser kurzen Definition zusammenfassen lassen: Es ist ein dauernder Besitz des Gut-getäuscht-werdens. Und zunächst ist es in bezug auf Geist und Verstand ganz klar, welche gewaltigen Vorzüge die Dichtung vor der Wahrheit besitzt; und der Grund liegt direkt an unserm Ellbogen, denn die Phantasie kann edlere Szenen aufbauen und wunderbarere Revolutionen hervorrufen, als das Schicksal oder die Natur sie zu liefern übernehmen werden. Auch ist die Menschheit nicht so sehr zu tadeln, wenn ihre Wahl sie in dieser Weise bestimmt, denn es handelt sich in dem Streit nur um vergangene Dinge oder eingebildete Dinge, und die Frage steht so: ob man nicht von Dingen, die nur in der Phantasie vorhanden sind, ebenso gut sagen kann, sie existierten, wie von Dingen, die ihren Sitz im Gedächtnis haben; und diese Frage lässt sich mit Recht bejahen, ja, sogar sehr zum Vorteil jener ersten, denn die Phantasie ist anerkannt als der Mutterleib der Dinge, während man von der Vergangenheit höchstens sagen kann, sie sei ihr Grab. Und wenn wir andrerseits diese Definition des Glückes nehmen und sie im

Hinblick auf die Sinne untersuchen, so werden wir erkennen, dass sie da gleichfalls wundervoll passt. Wie blass und fad reden alle Dinge zu uns, die nicht durch das Gefäss der Täuschung kommen! Wäre es nicht um die Hilfe künstlicher Medien, falscher Lichter, scharfer Brechungswinkel, des Firnisses und Flittergolds, so würde im Glück und in den Genüssen sterblicher Menschen eine gewaltige Nivellierung eintreten. Wenn die Welt sich dies so ernsthaft überlegen wollte, wie sie es – ich habe allen Grund zu der Annahme – schwerlich tun wird, so würden die Menschen die Kunst, schwache Seiten blosszustellen und Angriffspunkte zu veröffentlichen, nicht mehr unter die Errungenschaften ihrer Weisheit rechnen; es ist das meiner Ansicht nach eine Beschäftigung, weder besser noch schlechter als die der Demaskierung, die man, denke ich, weder in der Welt noch im Spielhaus je als anständig angesehn hat.

In demselben Grade, in dem die Leichtgläubigkeit ein friedlicherer Besitz des Geistes ist als die Neugier, in demselben Grade ist auch jene Weisheit, die sich an der Oberfläche hält, jener angeblichen Philosophie vorzuziehen, die in die Tiefe der Dinge hinuntertaucht und dann ernsthaft mit der Nachricht und Entdeckung zurückkehrt, dass sie im Innern nichts taugen. Die beiden Sinne, an die alle Dinge sich zunächst einmal wenden, sind das Gesicht und das Gefühl; die untersuchen niemals mehr als die Farbe, die Gestalt, die Grösse und die andern Eigenschaften, die auf der Oberfläche wohnen oder durch die Kunst nach aussen gezogen werden; und dann kommt diensteifrig die Vernunft herbei mit ihren Werkzeugen zum Schneiden und Öffnen, zum Zerstückeln und Durchbohren, und sie erbietet sich, zu beweisen, dass sie nicht durch und durch von gleicher Beschaffenheit sind. Nun halte ich all das für den letzten Grad der Verfälschung der Natur, zu deren ewigen Gesetzen auch dieses gehört, dass sie stets ihren besten Besitz nach aussen kehrt. Und um mir also in Zukunft die Mühe so kostspieliger Sektionen zu ersparen, so halte ich es hier für angebracht, dem Leser zu erklären, dass bei solchen Schlüssen die Vernunft zweifellos recht hat, und dass bei den meisten körperhaften Dingen, die mir bekannt geworden sind, die Aussenseite der Innenseite weit vorzuziehen war, wovon ich mich noch jüngst durch einige Experimente überzeugte. In der letzten Woche sah ich, wie eine Frau geschunden wurde, und man wird mir kaum glauben, wie sehr das ihre Erscheinung im schlechten Sinn veränderte. Gestern liess ich die Leiche eines Dandys vor meinen Augen entkleiden, und wir alle waren erstaunt, unter einem einzigen Anzug soviel unerwartete Fehler zu finden. Dann legte ich sein Gehirn, sein Herz und seine Milz bloss; aber bei jedem Schnitt erkannte ich deutlich, dass wir, je tiefer wir drangen, auch immer zahlreichere und umfangreichere Fehler fanden; und aus all dem zog ich mit Recht bei mir selber diesen Schluss, dass ein Philosoph oder Pläneschmieder, der die Kunst erfände, die Fehler und Unvollkommenheiten der Natur zu überlöten und zu verdecken, sich weit mehr um die Menschheit verdient machen und uns eine nützlichere Wissenschaft lehren würde als es jene ist, die jetzt so hoher Achtung geniesst: die Wissenschaft, sie zu erweitern und blosszulegen (sie gleicht jenem, der die Anatomie für das äusserste Ziel der Heilkunde hielt). Und der Mann, den sein Vermögen und seine Anlage an die rechte Stelle stellten, um die Früchte dieser edlen Kunst zu gemessen; der Mann, der wie Epikur seinen Gedanken mit den Nebeln und Bildern genug tun kann, wie sie von der Oberfläche der Dinge auf seine Sinne hinüberfliegen – ein solcher, wahrhaft weiser Mensch schöpft von der Natur nur den Rahm ab, und er überlässt es der Philosophie und der Vernunft, das Saure und die Hefe aufzuschlecken. Dies ist der erhabene und raffinierte Punkt der Seligkeit, der da heisst der Besitz des Gut-getäuscht-werdens; der heitere, friedvolle Zustand, in dem man unter Halunken ein Narr ist. Um aber auf den Wahnsinn zurückzukommen, so ist es sicher, dass nach dem von mir oben abgeleiteten System jede seiner Arten einem Überfluss an Dünsten entspringt; und wie demnach gewisse Gattungen des Wahnsinns den Sehnen doppelte Kraft verleihen, so gibt es andre Gattungen, die dem Gehirn Kraft, Leben und Mut zuführen. Nun trifft es sich in der Regel, dass jene aktiven Geister, die vom Gehirn Besitz ergreifen, jenen gleichen, die andre wüste und öde Orte heimsuchten, und aus Mangel an Beschäftigung verschwinden sie entweder und nehmen ein Stück vom Hause mit, oder sie bleiben darin und werfen es ganz zu den Fenstern hinaus. So lassen sich auf mystische Weise die beiden Hauptzweige des

Wahnsinns darstellen, und einige Philosophen, die sie nicht so genau untersucht haben wie ich, halten sie für ursächlich verschieden, indem sie den ersten einem Mangel, den zweiten aber einer Überfülle zuschreiben.

Ich halte es also nach dem, was ich ausgeführt habe, für klar, dass es die Hauptaufgabe der Geschicklichkeit und Gewandtheit ist, diesem Überfluss der Dünste Beschäftigung zu verschaffen und seine Wirkungsperiode vorsichtig zu regeln; auf diese Weise kann er sicherlich im Staat hervorragend und allgemein nützlich werden. So springt ein Mensch, indem er sich den rechten Augenblick aussucht, in einen Abgrund, und es entsteht ein Held, den man den Retter des Vaterlands nennt; ein andrer vollführt dasselbe Unternehmen, aber da er den Zeitpunkt schlecht gewählt hat, so ruht das Brandmal des Wahnsinns als Vorwurf auf seinem Gedächtnis; auf Grund einer so feinen Unterscheidung lehrt man uns den Namen des Curtius voll Ehrfurcht und Liebe nennen, den des Empedokles aber voll Hass und Verachtung. So nimmt man auch in der Regel an, der ältere Brutus habe nur zum Wohle der Allgemeinheit den Narren und Wahnsinnigen gespielt; es war aber nichts andres als eine Überfülle desselben Dunstes, der lange falsch angewandt wurde und den die Lateiner ingenium par negotiis nennen, das heisst (um es so genau zu übersetzen, wie ich kann) eine Art des Wahnsinns, der nicht eher in seinem Element ist als bis man ihn in den Dienst des Staates aufnimmt.

Kraft all dieser und noch vieler andrer Gründe von gleichem Gewicht, wenn auch nicht von gleicher Merkwürdigkeit, ergreife ich hier mit Freuden die Gelegenheit, nach der ich lange gesucht habe, es Sir Edward Seymour, Sir Christopher Musgrave, Sir John Bowls, John How, Esq., und andern Patrioten, die es angeht, als ein edles Unternehmen zu empfehlen, wenn sie einen Antrag stellen wollten dahingehend, ein Gesetz zu schaffen, das Kommissionäre zur Revision des Irrenhauses und der umliegenden Gegenden ernennt; sie mussten die Macht erhalten, sich Personen, Papiere und Berichte kommen zu lassen, um die Verdienste und Befähigungen jedes seiner Studenten und Professoren zu untersuchen und ihre Anlagen und ihr Benehmen mit der grössten

Genauigkeit zu beobachten; dadurch könnten sie, wenn sie ihre Talente scharf sichten und gut anpassen, wunderbare Werkzeuge für die verschiedenen bürgerlichen und militärischen Staatsämter entdecken; und zwar mussten sie dabei nach den Methoden verfahren, die ich hier in aller Demut vorschlagen werde. Und ich hoffe, der freundliche Leser wird einige Nachsicht mit meinem grossen Eifer in dieser wichtigen Sache haben, und zwar wegen der grossen Achtung, die ich jener ehrenwerten Gesellschaft entgegenbringe, der ich eine Zeitlang als unwürdiges Mitglied anzugehören das Glück besass.

Wenn irgendein Student sein Stroh zu Häcksel zerreisst, flucht und lästert, in sein Gitter beisst, Schaum vor dem Munde hat und dem Zuschauer seinen Nachttopf ins Gesicht entleert, so mögen die ehrenwerten Inspektionskommissionäre ihm ein Dragonerregiment geben und ihn zu den andern nach Flandern schicken. Wenn ein andrer ewig schwätzt, mit schwerer Zunge redet, den Mund aufreisst und ohne Abschnitt und Periode brüllt, so sind da wunderbare Talente an den falschen Ort gestellt! Man gebe ihm auf der Stelle eine grüne Tasche und Papiere und drei Groschen in den Geldbeutel, und dann fort mit ihm nach Westminster-Hall. Einen dritten wird man dabei finden, wie er ernsthaft sein Loch ausmisst; das ist ein Mann von Voraussicht und Einsicht, obwohl er ganz im Dunkeln gehalten wird; denn gleich Moses, ecce cornuta erat ejus facies. Er schreitet, wie es sich gehört, gleichmässig daher, bittet einen mit der gebührenden Würde und Förmlichkeit um einen Groschen, redet viel von den schweren Zeiten, den Steuern und der Hure von Babylon, versperrt regelmässig um acht Uhr das hölzerne Fenster seiner Schwelle und träumt von Feuer und Ladendieben, Hofgästen und Freiplätzen. Was für eine Rolle nun würden all diese guten Eigenschaften ihn zu spielen befähigen, wenn der Eigentümer in die Stadt und unter seine Brüder geschickt würde? Seht da, ein vierter in angeregtem und tiefem Gespräch mit sich selber: er beisst sich in den geeigneten Augenblicken in die Daumen; sein Gesicht wird scheckig vor Geschäften und Plänen; bisweilen schreitet er sehr schnell aus, die Augen auf ein Papier geheftet, das er in der Hand hält; das ist ein grosser

Zeitersparer, ein wenig schwerhörig, sehr kurzsichtig und noch kürzer von Gedächtnis; ein Mann, der es stets eilig hat, der immer Geschäfte brütet und ausheckt, ein Künstler in der berühmten Kunst, nichts vor sich hinzuflüstern; ein grosser Verehrer einsilbiger Worte und des Zauderns, und stets so bereit, jedermann sein Wort zu geben, dass er es niemals hält; einer, der den ganz gewöhnlichen Sinn der Worte vergessen hat, aber den Klang ausgezeichnet wiedererkennt; ein Sklave des lockeren Lebens, denn seine Gelegenheiten rufen ihn beständig ab. Wenn man in seinen vertraulichen Augenblicken an sein Gitter tritt, so sagt er: „Herr, geben Sie mir einen Groschen, und ich singe Ihnen ein Lied. Aber geben Sie mir den Groschen erst!“ Daher kommt der Spruch und der noch gebräuchlichere Brauch, dass man sein Geld für ein Lied hingibt. Welch ein vollkommenes System der höfischen Geschicklichkeit ist hier in jedem Zweig geschildert; und es geht ganz verloren, weil es falsch angewandt wird! Man trete an die Tür eines weitern Lochs; doch verstopfe man sich zuvor die Nase; und man wird einen griesgrämigen, düstern, schmutzigen, liederlichen Sterblichen sehn, der in seinem eigenen Kot herumwühlt und in seinem Urin herumplätschert. Der grössere Teil seiner Kost besteht aus den Resten seiner eignen Exkremente, die zu Dämpfen verdunsten, beständig umherwirbeln und schliesslich wieder hineinfliessen. Seine Haut ist von schmutzigem Gelb und ebenso sein dünner, wirrer Bart – einem Gelb, das genau zu der Farbe seiner Nahrung nach ihrer ersten Verdauung stimmt, wie denn ja auch andre Insekten, die in Exkrementen geboren und auferzogen werden, ihnen Farbe und Geruch entlehnen. Der Student in diesem Gemach geht mit seinen Worten sparsam um, doch ein wenig allzu verschwenderisch mit seinem Atem. Er streckt die Hand bereitwillig aus, um einen Groschen entgegenzunehmen, aber sowie er ihn erhalten hat, zieht er sich wieder an seine bisherige Beschäftigung zurück. Ist es nun nicht erstaunlich, dass die Gesellschaft von Warwick-Lane sich nicht eifriger darum bemüht, ein so nützliches Mitglied wieder zu gewinnen; ein Mitglied, das, wenn man nach diesem Schein urteilen darf, die grösste Zierde der erlauchten Gilde werden würde? Ein andrer Student stelzt einem stolz bis in die Zähne hinein, indem er die Lippen bläht und die Augen halb herausdrückt; und huldvoll hält er einem die Hand zum Kuss entgegen. Der Wärter bittet einen, vor diesem Professor keine Angst zu haben, denn er würde einem nichts antun; er allein hat freien Zutritt zum Vorsaal, und der Redner der Anstalt gibt einem zu verstehn, dass diese feierliche Persönlichkeit ein Schneider ist, der vor Hochmut irre wurde. Viele andre Eigenschaften noch zieren diesen Gelehrten, aber ich will mich gegenwärtig nicht weiter über sie auslassen – Horch in dein Ohr – – – Ich müsste mich sehr irren, wenn nicht sein ganzer Anstand, seine Bewegungen und sein Wesen dann sehr natürlich und ganz am rechten Platze wären.

Ich will mich nicht so sehr in Einzelheiten einlassen, dass ich auch noch bei der ungeheuren Anzahl von Dandys, Fiedlern, Dichtern und Politikern verweilte, die die Welt durch eine solche Reformation zurückgewinnen würde. Was aber wichtiger ist als der Reingewinn, der sich für den Staat durch die Rückgewinnung so vieler arbeitsfähiger Menschen ergeben würde, deren Talente und Kenntnisse jetzt, wenn ich so kühn sein darf, diese Behauptung aufzustellen, begraben liegen oder mindestens falsch angewandt werden: so wäre es für die Öffentlichkeit ein ungeheurer Vorteil, der aus dieser Untersuchung erwüchse, dass sie erführe, wie sehr sich all diese auszeichnen könnten und bis zu welcher Vollkommenheit sie es in ihren verschiedenen Berufen zu bringen vermöchten. Und ich denke, das erhellt zur Genüge aus dem, was ich bereits gezeigt habe, und ich werde es noch durch ein beredtes Beispiel verstärken; ich selber nämlich, der Entdecker dieser wichtigen Wahrheiten, bin ein Mensch, dessen Phantasie hartmäulig ist und sehr dazu neigt, mit seiner Vernunft durchzugehn; denn ich habe bereits durch lange Erfahrung gelernt, dass sie ein leichter Reiter ist, der sich leicht abwerfen lässt. Aus diesem Grunde lassen mich auch meine Freunde niemals allein, es sei denn, dass ich ihnen feierlich verspreche, meinen Spekulationen auf diese oder ähnliche Art Luft zu verschaffen, und zwar zum allgemeinen Wohl der ganzen Menschheit; der freundliche, höfliche und wohlwollende Leser aber, den bis an den Rand jene Barmherzigkeit und Zärtlichkeit erfüllt, die in der Regel mit seinem Amt verbunden ist, wird sich kaum überreden lassen, das zu glauben.

Zehnter Teil. Eine weitere Abschweifung

Es ist das unwiderlegliche Anzeichen eines sehr verfeinerten Jahrhunderts, dass in den letzten Jahren zwischen der Nation der Autoren und der der Leser so wunderbare Höflichkeiten ausgetauscht worden sind. Kaum noch kann ein Schauspiel, eine Broschüre oder ein Gedicht erscheinen, ohne dass eine Vorrede der Welt für die allgemeine gute Aufnahme und den Beifall dankt, den sie dem Werk gezollt hat; Gott weiss, wo oder wann oder wie oder von wem er gezollt worden ist. In der gebührenden Rücksicht auf eine so löbliche Sitte, sage ich hier Seiner Majestät, den beiden Häusern des Parlaments, den Herren von des Königs höchst ehrenwertem geheimem Rat, den löblichen Herren Richtern, der Geistlichkeit, dem niedern Adel und den Freisassen dieses Landes demütigen Dank; im einzelnen aber ganz besonders meinen würdigen Brüdern in Wills Kaffeehaus und im Greshamkollegium, in Warwick Lane und Moorfields, Scotland Yard, Westminster Hall und Guildhall; kurz allen Einwohnern und Lehnsleuten, die es am Hof, in der Kirche, im Lager, in Stadt und Land nur gibt, und zwar für die grossherzige, allgemeine und günstige Aufnahme dieses göttlichen Traktats. Ich nehme ihren Beifall und ihre gute Meinung in höchster Dankbarkeit entgegen, und ich werde bis an die Grenzen meiner geringen Kräfte jede Gelegenheit ergreifen, die Verpflichtung, die ich gegen sie habe, wettzumachen.

Ich bin auch glücklich, dass das Schicksal mich in ein so gesegnetes Zeitalter geworfen hat, gesegnet durch gegenseitige Glückseligkeit der Verleger und der Autoren, die, das kann ich in aller Ruhe behaupten, die beiden einzigen zufriedenen Parteien in England sind. Man frage einen Autoren, welchen Erfolg sein letztes Stück gehabt hat: Ei, wahrhaftig, er dankt seinem Stern, die Welt ist sehr gnädig gewesen, und er hat nicht den geringsten Grund, sich zu beklagen: und doch, bei Gott, er hatte es in einer Woche geschrieben, stückweise, ruckweise, so oft er seinen dringenden Geschäften eine Stunde abringen konnte – hundert gegen eins kann man wetten, dass es also in seiner Vorrede zu lesen steht, auf die er einen verweist; im übrigen aber verweist er einen an den Verleger. Zu dem also geht man als Kunde und stellt ihm die gleiche Frage. Er dankt seinem Gott, dass die Sache so wundervoll einschlägt, er druckt gerade die zweite Auflage, und er hat nur noch drei Exemplare im Laden. Man feilscht um den Preis. „Wir wollen uns nicht streiten, Herr." Und in der Hoffnung auf fernere Kundschaft gibt er das Exemplar so billig her, wie man nur wünscht. „Und bitte, schicken Sie uns möglichst viele von Ihren Bekannten; um Ihretwillen werde ich ihnen zu gleichem Preise liefern."

Nun hat man niemals genug erwogen, welchen Zufällen und Gelegenheiten die Welt den grössern Teil dieser edlen Schriften verdankt, wie sie stündlich emporschiessen, um sie zu unterhalten. Gäbe es keine regnichten Tage, durchwachten Räusche, Anfälle der Hypochondrie, Kuren, schläfrigen Sonntage, unglücklichen Würfelpartien, langen Schneiderrechnungen, Bettlerbörsen, aufrührerischen Köpfe, keine heisse Sonne, keine Hartleibigkeit, keinen Mangel an Büchern und keine gerechte Verachtung aller Gelehrsamkeit – ich sage, gäbe es all das und vieles andere, was aufzuzählen zu weit führen würde (vor allem die kluge Versäumnis, innerlich Schwefel zu nehmen), nicht, so dünkt mich, würde die Anzahl der Schriftsteller und der Schriften so zusammenschmelzen, dass es jämmerlich anzusehen wäre. Zur Bestätigung dieser Anschauung höre man die Worte des berühmten troglodytischen Philosophen: „Es ist sicher," sagt er, „dass stets ein paar Körnchen der Narrheit in dem Gemisch vorhanden sind, aus dem die menschliche Natur besteht; uns bleibt nur die Wahl, ob wir sie eingelegt oder als erhabene Arbeit tragen wollen, und wir brauchen nicht weit zu suchen, wenn wir sehn wollen, wie das in der Regel entschieden wird, wenn wir nur bedenken, dass es mit den menschlichen Fähigkeiten geht wie mit den Flüssigkeiten: die leichtesten schwimmen immer oben auf."

Es gibt auf dieser berühmten Insel Britannien einen gewissen erbärmlichen, bändereichen Skribenten, mit dessen Charakter der Leser nicht ganz unbekannt sein kann. Er gibt sich mit einer verderblichen Art von Schriften ab, die man „zweite Teile“ nennt, und er läuft in der Regel unter dem Namen des Verfassers des ersten Teiles um. Ich kann leicht voraussehn, dass dieser behende Arbeiter meine Feder, sowie ich sie niederlege, auch schon gestohlen haben wird, um mich dann ebenso unmenschlich zu behandeln, wie er Dr. Blackmore, Lestrange und viele andre, die namenlos bleiben mögen, bereits behandelt hat. Ich fliehe deshalb mit der Bitte um Gerechtigkeit und Hilfe in die Hände jenes grossen Mannes, der die Sättel aufs rechte Pferd legt, jenes Freundes der Menschheit, des Doktor Bentley, und flehe ihn an, er möge diesen ungeheuerlichen Missstand in seine ganz moderne Erwägung ziehen; und wenn es so kommen sollte, dass mir für meine Sünden versehentlich in Gestalt eines zweiten Teils das Geschirr eines Esels auf den Rücken gelegt wird, so möge er auf der Stelle geruhen, mich vor dem Angesicht der Welt von der Bürde zu befreien und sie in sein eigenes Haus zu tragen, bis das rechte Tier es für gut befindet, sie für sich in Anspruch zu nehmen.

Inzwischen erlasse ich hier die öffentliche Anzeige, dass ich entschlossen bin, innerhalb dieser Abhandlung den ganzen Stoff zu verbrauchen, den ich seit so viel Jahren aufgespeichert habe. Da meine Ader sich einmal geöffnet hat, so bin ich einverstanden, sie zum besondern Vorteil meines teuren Landes und zum allgemeinen Wohl der Menschheit auf einmal zu erschöpfen. In gastfreundlicher Rücksicht auf die Anzahl meiner Gäste will ich ihnen alles, womit ich bewirten kann, in einer einzigen Mahlzeit vorsetzen, und ich verschmähe es, die Überbleibsel wieder in den Schrank zu tun. Was die Gäste nicht verzehren können, das mag man den Armen geben, und die Hunde unterm Tisch mögen die Knochen benagen. Ich halte das für ein grossherzigeres Verfahren als wenn man der Gesellschaft Ekel erregt, indem man sie für den folgenden Tag noch einmal an eine Tafel voll schäbiger Überreste lädt.

Wenn der Leser die Beweiskraft dessen, was ich im vorhergehenden Teil vorgebracht habe, gebührend erwägt, so bin ich überzeugt, dass es in seinen Begriffen und Anschauungen eine wunderbare Umwälzung herbeiführen wird; er wird unendlich viel besser darauf vorbereitet sein, den Schluss dieses wunderhaften Traktats aufzunehmen und zu würdigen. Leser lassen sich in drei Teile teilen – die oberflächlichen, die unwissenden und die gelehrten; ich habe meine Feder mit viel Glück dem Genius und dem Vorteil eines jeden angepasst. Der oberflächliche Leser wird wunderbar zum Lachen gereizt werden; das Lachen aber reinigt Brust und Lungen, es ist ein herrliches Mittel gegen die Hypochondrie und die unschuldigste aller urintreibenden Medizinen. Der unwissende Leser (der Unterschied zwischen ihm und dem vorgenannten ist ausserordentlich fein) wird geneigt sein, offenen Mundes zu starren; das hilft wunderbar gegen kranke Augen; es dient dazu, die Lebensgeister aufzurichten und anzufeuern und unterstützt die Schweissbildung wunderbar. Aber der wirklich gelehrte Leser, zu dessen Wohl ich wache, wenn andre schlafen, und schlafe, wenn andre wachen, wird hier des Stoffes genügend finden, um für den Rest seiner Tage seine Spekulationen zu beschäftigen. Es wäre sehr zu wünschen, und ich schlage dieses Experiment hier in aller Demut vor, dass jeder Fürst der Christenheit sieben der tiefgründigsten Gelehrten seiner Reiche nähme und sie sieben Jahre lang in sieben Kammern einschlösse, und zwar mit dem Befehl, sieben ausführliche Kommentare über diese allumfassende Abhandlung zu schreiben. Ich will die Behauptung wagen, welcher Unterschied sich auch zwischen ihren Vermutungen ergeben möge, dass diese Vermutungen sämtlich klar aus dem Text werden abzuleiten sein. Inzwischen bitte ich ernstlich, dass ein so nützliches Unternehmen (wenn es Ihren Majestäten gefällt) mit aller nur möglichen Beschleunigung begonnen werde; denn es verlangt mich sehr danach, ehe ich die Welt verlasse, eine Segnung zu kosten, die uns geheimnisvollen Schriftstellern selten zuteil wird, ehe wir in unser Grab gestiegen sind; ob es nun daran liege, dass der Ruhm als eine Frucht, die dem Leibe aufgepfropft wird, nicht recht wachsen und viel weniger noch reifen kann, bevor ihr Boden in die Erde versenkt wird: oder daran, dass er ein Raubvogel ist, den wie die andern der Geruch eines Leichnams anlockt; oder endlich daran, dass er meint, seine Trompete schalle am lautesten und am weitesten hin, wenn er auf dem Grabe steht, das heisst auf einer Erhöhung des Bodens und auf einem hohlen Gewölbe, das seinen Resonanzboden bildet.

Freilich ist die Republik der dunklen Autoren, nachdem sie dieses treffliche Auskunftsmittel des Sterbens einmal entdeckt hatten, sowohl in der Mannigfaltigkeit wie auch in der Ausdehnung ihres Rufs ganz besonders glücklich gewesen. Denn da die Nacht die Weltenmutter aller Dinge ist, so halten weise Philosophen alle Schriften in eben dem Grade für fruchtbar, in dem sie dunkel sind; und daher haben die wahrhaft Erleuchteten (das heisst, die allerdunkelsten) so zahllose Kommentatoren gefunden, deren scholastische Hebammenkunst sie von Bedeutungen entbunden hat, von denen die Verfasser selber sich vielleicht nie etwas träumen liessen, obwohl man sie darum doch als die rechtmässigen Väter ansehn kann; denn die Worte solcher Schriftsteller sind wie die Saat; man mag sie noch so willkürlich ausstreun, wenn sie auf einen fruchtbaren Boden fällt, so wird sie sich weit über jede Hoffnung und jede Vorstellung des Sämanns hinaus vermehren.

Und um daher ein so nützliches Werk zu fördern, will ich mir hier erlauben, ein paar Winke zu geben, wie sie jenen erhabenen Geistern, die dazu ernannt werden sollten, einen allgemeinen Kommentar zu dieser wundervollen Abhandlung zu schreiben, sehr von Nutzen sein werden. Zunächst habe ich ein tiefes Mysterium in die Zahl der Os hineingelegt, die man mit sieben zu multiplizieren und durch neun zu dividieren hat. Wenn ferner ein frommer Bruder der Rosenkreuzer sechsunddreissig Morgen hindurch im lebendigen Glauben glühend betet und dann im zweiten und fünften Teil gewisse Silben und Lettern der Vorschrift gemäss umstellt, so werden sie sich ihm sicherlich als ein ausführliches Rezept des opus magnum offenbaren. Wer sich schliesslich aber noch die Mühe macht, die Gesamtzahl eines jeden Buchstaben in diesem Traktat nachzuzählen und die genauen Unterschiede zwischen den verschiedenen Zahlen auszurechnen, indem er für jede derartige Differenz die wahre und natürliche Ursache sucht, der wird in dem Ergebnis reichlichen Lohn für seine Arbeit finden. Dann aber muss er sich vor Bythus und Sigé hüten und sicher gehn, dass er die Eigenschaften des Achamoth nicht vergisst, a cujus lacrimis humecta prodit substantia, a risu lucida, a tristitia solida et a timore mobilis; denn darin hat Eugenius Philalethes einen unverzeihlichen Fehler begangen.

Elfter Teil. Ein Märchen von einer Tonne.

Nachdem ich einen so weiten Kreis durchwandert habe, hole ich jetzt voll Freuden mein Thema wieder ein und packe es von neuem; und hinfort will ich bis zum Ziel meiner Reise gleichen Schritt mit ihm halten, es sei denn, dass dicht neben meinem Pfade eine schöne Aussicht aufblitzt; und wenn ich es auch gegenwärtig weder vermute noch erwarte, so werde ich doch in solchem Fall meinen Leser um Erlaubnis und um sein Geleit ersuchen, damit er mir gestatte, ihn selbst hindurchzuführen. Denn es geht mit dem Schreiben wie mit einer Reise: hat, wer reist, es eilig, nach Hause zu kommen (und ich gebe zu, das ist bei mir nicht der Fall, denn ich habe nie so wenig zu tun wie dort), und ist sein Pferd müde vom langen Ritt und von einer schlechten Strasse, oder ist es von Natur nur eine elende Mähre, so rate ich ihm klärlich, den geradesten und betretensten Pfad einzuschlagen, mag er noch so schmutzig sein; aber sicherlich müssen wir zugeben, dass ein solcher Mensch bestenfalls ein armseliger Gefährte ist; er bespritzt sich und seine Mitreisenden bei jedem Schritt: all ihre Gedanken und Wünsche drehen sich wie ihr Gespräch einzig um das Ziel ihrer Reise; und bei jeder aufspritzenden Pfütze, bei jedem Schritt ins Wasser und bei jedem Stolpern wünschen sie einander von Herzen zum Teufel.

Wenn dagegen ein Reisender und sein Pferd in guter Verfassung sind, wenn sein Geldbeutel voll ist und der Tag vor ihm liegt, so folgt er der Strasse nur da, wo sie sauber und bequem ist, und er unterhält dort seine Gefährten so angenehm wie er es vermag; bei jeder Gelegenheit aber führt er sie zu jeder entzückenden Aussicht, sei das Schauspiel nun ein solches der Kunst, der Natur oder einer Vereinigung beider; und wenn sie ihm aus Borniertheit oder Müdigkeit das Geleit versagen, so mögen sie allein weitertraben und sich hängen lassen; er wird sie in der nächsten Stadt wieder einholen; doch bei seiner Ankunft reitet er wütend durch; Männer und Weiber und Kinder stürzen heraus, um ihn anzustarren; hundert lärmende Köter rennen ihm kläffend nach, und wenn er den Kühnsten unter ihnen mit einem Hieb seiner Gerte beehrt, so geschieht es mehr zum Scherz als aus Rache; doch sollte irgendein Bastard sich zu nah heranwagen, so erhält er durch einen zufälligen Streich der Hufe des Rosses (ohne dass durch den Schlag an Vorsprung das geringste verloren geht) einen Kuss auf die Backen, der ihn heulend und hinkend nach Hause schickt.

Ich gehe jetzt dazu über, die sonderbaren Abenteuer meines berühmten Jakob zusammenzufassen; des Standes seiner Gesinnungen und seiner Glücksumstände wird sich der sorgfältige Leser ohne Zweifel aufs genaueste entsinnen, da ich mich von ihnen erst am Schluss eines früheren Teiles trennte. Er muss also zunächst die Arbeit auf sich nehmen, aus zweien der vorhergehenden ein System der Begriffe auszuziehen, wie es seinem Verstände am meisten zusagt, denn nur so wird er, was folgt, ganz auskosten können.

Jakob hatte nicht nur die ersten Umwälzungen in seinem Gehirn so klug berechnet, dass er jene epidemische Sekte der Aeolisten ins Leben rief; sondern da er auch in eine ganz neue und seltsame Reihe von Entdeckungen hineingeriet, so führte ihn die Fruchtbarkeit seiner Phantasie zu gewissen Vorstellungen, die, obwohl dem Anschein nach recht unerklärlich, doch nicht eines geheimnisvollen Sinns entbehrten noch auch der Anhänger ermangelten, die ihnen Beifall zollten und sie ausbauten. Ich werde demnach sorgfältig und genau alle wesentlichen Züge seines Wesens wiedergeben, wie ich sie habe aus unzweifelhafter Überlieferung oder durch unermüdliche Lektüre sammeln können; und ich werde sie so genau schildern, wie es nur möglich ist, und soweit sich Begriffe von solcher Höhe und Weite überhaupt von einer Feder fassen lassen. Auch bezweifle ich keineswegs, dass sie jenen, deren umbildende Phantasie sie geneigt macht, alle Dinge in Typen zu verwandeln, viel herrlichen Stoff liefern wird; sie können ohne Hilfe der Sonne Schatten bilden und sie ohne Hilfe der Philosophie in Substanzen verwandeln; ihr besonderes Talent liegt darin, figürliche

Wendungen und Allegorien wörtlich auszulegen und, was wörtlich gemeint war, zu Figuren und Geheimnissen zu destillieren.

Jakob hatte sich eine schöne Abschrift von seines Vaters Testament verschafft, die sauber auf ein grosses Pergament geschrieben war; und in dem Entschluss, die Rolle eines sehr gehorsamen Sohns zu spielen, verliebte er sich so sehr darin, wie es bei einem Geschöpf nur möglich ist. Denn obwohl es, wie ich dem Leser oft gesagt habe, ganz aus gewissen einfachen und leichten Anweisungen über die Art bestand, wie die Röcke zu behandeln und zu tragen waren, verbunden mit Legaten und Strafen im Fall des Gehorsams oder des Ungehorsams, so begann er sich doch einzubilden, dass die Sache tiefer und dunkler sei und dass also auf ihrem Grunde noch viel mehr Geheimnisse schlummern müssten. „Meine Herren," sprach er, „ich will beweisen, dass eben dieses Pergament Speise, Trank und Kleidung, der Stein der Weisen und das Allheilmittel ist." Infolge solcher Entzückungen beschloss er, von ihm bei aller Notdurft sowie auch bei den elendesten Anlässen des Lebens Gebrauch zu machen. Er besass die Kunst, ihm jede Form zu geben, die er wollte, so dass es ihm als Nachtmütze diente, wenn er zu Bett ging, und bei regnichtem Wetter als Schirm. Er band sich ein Stück davon um einen wunden Zeh, oder wenn er Krämpfe hatte, so verbrannte er zwei Zoll davon unter seiner Nase; wenn ihm aber etwas schwer auf dem Magen lag, so kratzte er ein wenig davon ab und verschluckte von dem Pulver so viel, wie auf einem Silbergroschen liegen konnte: all das waren unfehlbare Mittel. Diesen Tifteleien gemäss bewegten sich all seine Reden und Gespräche einzig im Wortschatz des Testaments, und seine höchste Beredsamkeit blieb innerhalb dieser Grenzen gefangen, denn er wagte nicht, auch nur eine Silbe fallen zu lassen, wenn sie sich in diesem Schriftstücke nicht belegen liess. Einmal befiel ihn in einem fremden Hause sehr plötzlich eine dringende Notdurft, bei der im einzelnen zu verweilen uns vielleicht nicht erlaubt ist; und da es ihm nicht möglich war, sich mit der Plötzlichkeit, die der Anlass erforderte, auf die verbürgte Wendung zu besinnen, mit der man nach dem Weg zu den Hintergebäuden fragt, so sah er es als das Klügere an, die Strafe auf sich zu nehmen, die auf derlei Dingen steht.

Auch gelang es der vereinten Rhetorik der ganzen Menschheit nicht, ihn dahin zu bringen, dass er sich säuberte; denn als er bei dieser Gelegenheit das Testament zu Rate zog, traf er ziemlich am Schluss auf eine Stelle (ob sie durch den Abschreiber eingeschoben worden war oder nicht, ist nicht bekannt), die das zu verbieten schien.

Er sah eine Pflicht seiner Religion darin, nie ein Tischgebet zu verrichten; und die ganze Welt konnte ihn nicht überreden, seine Nahrung wie ein Christenmensch zu sich zu nehmen, um mich dieser Redensart zu bedienen.

Er hatte ein seltsames Gelüst nach Schnappdrachen und nach den entfärbten Lichtschnuppen brennender Kerzen, die er mit wunderbarer Behendigkeit auffing und verschluckte; dadurch entstand in seinem Bauch eine Flamme, die dauernd brannte, und sie drang ihm in glühendem Strom aus beiden Augen, aus den Nasenlöchern und dem Mund hervor, so dass in dunkler Nacht sein Kopf aussah wie ein Eselsschädel, in den ein boshafter Junge zum Schreck der Untertanen Seiner Majestät eine Pfennigkerze gesteckt hat. Daher brauchte er auch weiter kein Hilfsmittel, um sich nach Hause zu leuchten; sondern er pflegte zu sagen, ein weiser Mann sei seine eigene Laterne.

Er schloss, wenn er des Weges dahinging, die Augen, und wenn er einmal mit dem Kopf wider einen Pfahl anrannte oder in eine Gosse fiel (und selten versäumte er es, entweder das eine oder das andre zu tun), so sagte er den höhnenden Lehrbuben, die ihm zusahen, er füge sich dem in voller Resignation, als einem Streich und einem Schlage des Schicksals; denn er habe durch lange Erfahrung gefunden, wie eitel es sei, mit ihm ringen oder sich balgen zu wollen; und wer das eine oder das andre unternehme, der käme sicherlich nur mit einem gewaltigen Fall oder einer blutigen Nase davon. „Es wurde“, so sprach er, „ein paar Tage vor der Schöpfung vorbestimmt, dass meine Nase und eben dieser Pfahl ein Zusammentreffen haben sollten, und daher hielt die Natur es für angebracht, uns beide zu gleicher Zeit in die Welt zu senden und uns zu Landsleuten und Stadtgenossen zu machen. Hätte ich nun die Augen offen gehalten, so ist es sehr wahrscheinlich, dass die Sache sehr viel schlimmer abgelaufen wäre; denn wie manchen elenden Fehltritt tut nicht der Mensch tagtäglich all seiner Vorsicht zum Trotz. Ausserdem sehen die Augen des Verstandes am besten, wenn die Augen der Sinne nicht im Wege stehn; und daher kann man beobachten, dass Blinde ihre Schritte mit weit mehr Vorsicht und Haltung und Urteil leiten als jene, die sich allzu zuversichtlich auf die Kraft des Sehnerven verlassen, den jeder kleine Zufall erschüttert und in Unordnung bringt, während ihn ein Tropfen Wassers und ein Nebel vollends der Fassung berauben, einer Laterne gleich unter einer Bande brüllender Eisenfresser, die die Strassen durchtoben, denn da setzt sie sowohl ihren Besitzer wie sich selber nur den Tritten und den Hieben aus, denen beide entgangen wären, wenn das Eitelkeitsverlangen, gesehn zu werden, sie hätte im Dunkeln wandern lassen. Aber wenn wir ferner die Lebensführung dieser gerühmten Lichter untersuchen, so wird sie sich als noch weit ärger denn ihr Schicksal erweisen. Freilich habe ich mir an diesem Pfahl die Nase zerbrochen, weil das Schicksal es entweder vergass oder es nicht für angebracht hielt, mich in den Arm zu kneifen und mich zu warnen, damit ich ihm auswich. Aber das möge weder das gegenwärtige Zeitalter noch auch die Nachwelt ermutigen, ihre Nasen der Obhut ihrer Augen anzuvertrauen; denn das wäre der beste Weg, sie auf ewig zu verlieren. Denn, o ihr Augen, o ihr blinden Führer, elende Hüter seid ihr unsrer gebrechlichen Nasen; ihr, sag ich, die ihr euch an den ersten Abgrund hängt, den ihr erblickt, und dann unsre elenden, bereitwilligen Leiber nachzieht, bis an den Rand des Verderbens. Aber ach, dieser Rand ist verwittert, unsre Füsse gleiten aus, und wir stürzen in die Tiefe, wenn nicht ein gastfreundlicher Strauch den Fall aufhält – einen Fall, dem keine menschliche Nase gewachsen ist, es sei denn die des Riesen Laurcalco, des Herrn der Silberbrücke. Passenderweise also, o Augen, und mit grossem Recht lasst ihr euch jenen Irrlichtern vergleichen, die den Menschen durch Schmutz und Dunkel leiten, bis er in eine tiefe Höhle fällt oder in einen eklen Sumpf.“

Diese Stelle habe ich als eine Probe für Jakobs grosse Beredsamkeit und für die Kraft seiner Beweisführung angeführt, wie er sie in solchen tief verborgenen Dingen zu entfalten wusste.

Er war ausserdem ein Mann von grossem Unternehmungsgeist und Reformtrieb in Dingen des Gottesdienstes; er hatte nämlich eine neue Gottheit eingeführt, die seither eine ungeheure Anzahl von Anbetern gefunden hat. Manche nennen sie Babel, andre Chaos, und sie hatte einen alten Tempel gotischer Arbeit auf der Ebene von Salisbury, der berühmt war wegen seines Altars und als Wallfahrtsziel der Pilger.

Wenn er irgendeinen Schelmenstreich zu spielen hatte, kniete er nieder, hob die Augen gen Himmel und begann zu beten, und stand er auch mitten in der Gosse. Wer aber seine Possen schon kannte, sorgte alsdann dafür, dass er ihm weit genug aus dem Wege ging; und wenn die Neugier Fremde herbeizog, die lachen wollten oder auf ihn lauschen, so riss er plötzlich mit der einen Hand seine Rute heraus und pisste ihnen voll in die Augen, und mit der andern bewarf er sie mit Kot.

Im Winter ging er stets offen und unzugeknöpft einher, so dünn wie möglich gekleidet, um die Hitze der Luft hereinzulassen; im Sommer aber hüllte er sich dicht und dick ein, um sie von sich abzuhalten.

Bei allen Umwälzungen in der Regierung brachte er seine Werbung um das Amt des obersten Henkers ein; und in der Ausübung dieser Amtswürde, in der er sehr geschickt war, machte er von keiner andern Maske Gebrauch als der eines langen Gebets.

Seine Zunge war so muskulös und beweglich, dass er sie bis in seine Nase hinaufschlängeln konnte, um von dort aus merkwürdige Reden zu halten. Er war auch der erste in diesen Königreichen, der die spanische Kunst des Jahens zu vervollkommnen begann; und da er lange Ohren hatte, die immer nackt und aufgerichtet dastanden, brachte er es in dieser Kunst zu einer solchen Vollkommenheit, dass es ausserordentlich schwierig war, durchs Auge oder durchs Ohr zwischen dem Original und der Kopie zu unterscheiden.

Ihn plagte eine Krankheit, die die Umkehrung jener andern war, die der Stich der Tarantel heisst; und beim Klang der Musik, und besonders des Dudelsacks, wurde er tollwütig. Aber er heilte sich dann, indem er zwei-

oder dreimal durch die Westminster Hall ging oder über den Fischmarkt oder in eine Schule, an die Börse oder in ein Paradekaffeehaus.

Er war ein Mensch, der keine Farben fürchtete, aber alle tödlich hasste und deshalb den Malern eine grausame Abneigung entgegenbrachte; sie ging so weit, dass er in seinen Anfällen, wenn er durch die Strassen ging, die Taschen voller Steine hatte, um sie nach den Schildern zu werfen.

Da er vermöge seiner Lebensweise oft gezwungen war, sich zu waschen, so sprang er oft bis über die Ohren ins Wasser, und wenn es auch mitten im Winter war; man beobachtete aber, dass er stets viel schmutziger wieder herauskam, wenn das möglich war, als er hineinsprang.

Er war der erste, der jemals das Geheimnis fand, ein Schlafmittel durch die Ohren einzuführen; es war eine Mischung von Schwefel und Gileadbalsam mit ein wenig Pilgersalbe.

Auf dem Magen trug er ein grosses Pflaster aus künstlichen Ätzmitteln, mit dessen Glut er sich selber zum Stöhnen bringen konnte, wie es das berühmte Gericht durch Anwendung eines rotglühenden Eisens tat.

Er stellte sich auch an irgend eine Strassenecke, rief denen, die vorübergingen, und sprach zu einem: „Würdiger Herr, erweist mir die Ehre und gebt mir einen hübschen Schlag in die Kiefern"; und zu einem andern: „Ehrlicher Freund, bitte, gib mir einen schönen Tritt in den Arsch." „Gnädige Frau, darf ich Euer Gnaden schöne Hände um einen leichten Schlag hinter die Ohren anflehn?" „Edler Hauptmann, leiht mir um Gotteswillen einen Hieb mit jenem Eurem Stock über diese armen Schultern." Und wenn es ihm durch solcherlei ernsthafte Werbungen gelungen war, sich eine Tracht Prügel zu verschaffen, die ihm Phantasie und Flanken schwellte, so kehrte er sehr getröstet heim und voll von furchtbaren Berichten über das, was er zum allgemeinen Wohl ertragen hatte. „Seht diesen Streich," sagte er, indem er seine nackten Schultern zeigte, „den versetzte mir heute morgen um acht Uhr ein verwünschter Janitschare, als ich den Grosstürken vertrieb. Nachbarn, beachtet, dieser gebrochene Schädel verdient ein Pflaster; hätte Jakob um sein Oberstübchen Angst gehabt, so hättet Ihr den französischen König und den Papst schon längst unter Euren Weibern und Euren Waren gesehn. Ihr lieben Christen, der Grossmogul war schon bis Whitechapel gekommen, und Ihr könnt diesen armen Flanken danken, dass er nicht Mann, Weib und Kind, (Gott behüte uns!) schon verschluckt hat."

Es war im höchsten Grade der Mühe wert, die merkwürdigen Wirkungen jener Abneigung oder Antipathie zu beobachten, die Jakob und sein Bruder Peter einander bis zur Geziertheit entgegenbrachten. Peter hatte jüngst ein paar Halunkereien begangen, die ihn zwangen, sich zu verbergen; und selten wagte er sich vor Einbruch der Nacht hinaus, so sehr fürchtete er sich vor den Bütteln. Ihre Wohnungen lagen an den entgegengesetzten Enden der Stadt, und so oft Geschäfte oder Laune sie hinausführten, wählten sie die wunderlichsten, unwahrscheinlichsten Stunden und die sonderbarsten Umwege, die sie nur finden konnten, um einander zu vermeiden; und trotzdem war es ihr Schicksal, dass sie sich beständig begegneten. Der Grund dafür ist leicht zu erkennen; denn da der Wahnsinn und die Verrücktheit beide derselben Wurzel entspringen, so können wir sie als zwei Kompasse von gleichem Radius ansehn, deren fester Punkt stets an derselben Stelle blieb; und wenn sie sich nun auch zunächst in entgegengesetzter Richtung bewegten, so mussten sie schliesslich doch irgendwo am äusseren Umfang zusammenstossen.

Ausserdem gehörte es zu den grossen Missgeschicken Jakobs, dass er mit seinem Bruder Peter ungeheure Ähnlichkeit hatte. Nicht nur waren sie sich nach Laune und Anlage gleich, sondern auch in Gestalt, Wuchs und Miene hatten sie sehr viel gemein. Daher denn auch nichts häufiger vorkam, als dass ein Büttel Jakob an der Schulter packte und rief: „Herr Peter, Sie sind des Königs Gefangener." Und ein andermal sprach einer von Peters engsten Freunden Jakob mit offenen Armen an: „Teurer Peter, ich freue mich, dich zu sehn, bitte, schicke mir ein wenig von deiner besten Medizin wider die Würmer." Man kann sich denken, dass dies ein demütigendes Entgelt für all die Mühen und Plagen war, die Jakob so lange durchgemacht hatte; und als er sah, dass all seine Bemühungen ihn zu etwas brachten, was dem einzigen Ziel, das er sich gesteckt hatte, genau entgegengesetzt war – wie sollte das da auf einen Kopf und ein Herz wie seins nicht die furchtbarste Wirkung haben? Doch die armen Reste seines Rockes hatten all die Strafe zu tragen; nie konnte die Sonne im Osten die tägliche Reise beginnen, ohne ein Stück von ihm zu vermissen. Er dang sich einen Schneider, der ihm den Kragen so eng zunähn musste, dass er ihn fast erstickte und ihm die Augen so stark herausdrückte, dass man nur noch das Weisse sah. Was von dem Stoff des Rocks noch übrig war, das rieb er täglich zwei Stunden lang an einer mit Spritzwurf verkleideten Mauer, um die Reste der Borten und der Stickerei abzuscheuern; zugleich aber machte er solche Fortschritte, dass er zum heidnischen Philosophen promovierte. Und doch enttäuschte der Erfolg, so viel er auch in dieser Art tun mochte, immer noch die Erwartung. Denn da es im Wesen der Lumpen liegt, dass sie wie zum Spott eine gewisse Ähnlichkeit mit grossem Putz tragen, weil beide etwas Flatterndes haben, was sich aus der Ferne, im Dunkeln oder von kurzsichtigen Augen nicht unterscheiden lässt, so erging es in diesem Fall auch Jakob mit seinen Fetzen nicht anders, denn auf den ersten Blick zeigten sie einen lächerlichen Flitterprunk; und das durchkreuzte im Verein mit der Ähnlichkeit in Gesicht und Erscheinung all seine Trennungspläne, und es hatte zwischen ihnen eine so grosse Ähnlichkeit zur Folge, dass es oft sogar beider Jünger und Anhänger täuschte.

Desunt nonnulla.

Das alte slavische Sprichwort hat recht: es ist mit den Menschen wie mit den Eseln; wer sie fest packen will, muss sehn, dass er ihre Ohren zu fassen bekommt. Und doch, denke ich, können wir behaupten, dass auch jenes andre sich durch wiederholte Erfahrung bestätigt hat:

> Effugiet tarnen haec sceleratus vincula Proteus.

Es ist daher nur gut, wenn man die Grundsätze unserer Vorfahren unter starker Berücksichtigung der Zeit und der Personen liest; wenn wir Berichte der ersten Zeiten lesen, so werden wir finden, dass keine Umwälzungen so gross und so häufig waren, wie die in den menschlichen Ohren. In früheren Zeiten gab es eine merkwürdige Erfindung, um sie zu fangen und festzuhalten; ich denke, wir können sie mit Recht unter die artes perditae rechnen; und wie kann es auch wohl anders sein, da in den letzten Jahrhunderten nicht nur die ganze Gattung auf einen beklagenswert geringen Umfang zusammengeschrumpft, sondern auch noch der armselige Überrest so weit entartet ist, dass er selbst unsres geschicktesten Griffes spottet? Denn wenn sich die Spaltung des einen Ohrs bei einem Hirsch als ausreichend erwies, um den Fehler durch einen ganzen Wald hin zu verbreiten, weshalb wollten wir uns da wundern, wenn so viele Verkürzungen und Verstümmelungen, wie die Ohren unsrer Väter und unsre eigenen sie letzthin so oft erfahren haben, die grössten Folgen mit sich bringen. Als freilich diese unsre Insel unter der Herrschaft der Gnade stand, wurden viele Versuche gemacht, das Wachstum der Ohren unter uns zu fördern. Die verhältnismässige Grösse galt nicht nur als eine Zierde des äussern Menschen, sondern auch als ein Zeichen der Gnade im Innern. Ausserdem glauben die Naturkundigen, wenn in der obern Gegend des Körpers starke Vorsprünge vorhanden sind, wie zum Beispiel in den Ohren und der Nase, so müssen auch die untern ihnen entsprechen; daher sich denn auch in jener wahrhaft frommen Zeit die Männer in allen Gesellschaften je nach dem, was ihnen zuteil geworden war, sehr bereit zeigten, ihre Ohren den Blicken auszusetzen; und ebenso auch die umgebenden Teile, denn Hippokrates sagt uns, wenn die Ader hinterm Ohr durchschnitten werde, so werde der Mensch zum Eunuchen; und die Frauen standen nicht zurück und schauten aus und erbauten sich an ihnen; und jene, denen das Mittel schon bekannt war, sahen sich angelegentlich um, weil sie hofften, durch solche Ausschau geeignete Sprossen zu empfangen; während jene, die noch als Bewerberinnen um dergleichen Wohltat lebten, reichliche Auswahl hatten und sich sicherlich für die entschieden, die die grössten Ohren zeigten, damit die Zucht zwischen ihnen nicht zusammenschrumpfte. Und schliesslich ehrten sicherlich die frommeren Schwestern, die jede aussergewöhnliche Verlängerung jenes Gliedes als einen Auswuchs des Eifers oder als eine geistliche Protuberanz ansahen, jedes Haupt, an dem sie sass, als wäre sie ein Zeichen der Gnade, besonders aber die des Priesters, dessen Ohren in der Regel von ganz besonderer Grösse waren; daher er sie dem Volk sehr oft und eifrig im vorteilhaftesten Licht zu betrachten gab und während seiner rhetorischen Paroxismen bald das eine vorstreckte und bald das andre.

Das war das Streben der Heiligen, die Grösse dieses Gliedes zu fördern; und man ist allgemein der Ansicht, dass der Erfolg den Bemühungen in jeder Hinsicht entsprochen hätte, wenn nicht im Laufe der Zeit ein grausamer König gekommen wäre, der eine blutige Verfolgung wider alle Ohren begann, die ein gewisses Mass überstiegen. Worauf manche froh waren, ihre blühenden Sprossen unter einem schwarzen Streif verbergen zu können, während andre ganz unter eine Perücke krochen; einige wurden gespalten, andre beschnitten, und eine grosse Anzahl bis auf die Wurzel abgesichelt. Doch davon später mehr in meiner allgemeinen „Geschichte der Ohren“, die ich dem Publikum baldigst darzubringen gedenke.

Aus diesem kurzen Überblick über den Verfall der Ohren im letzten Jahrhundert und aus der geringen Sorgfalt, mit der man in der Gegenwart ihr ehemaliges Wachstum wieder zu fördern sucht, erhellt klärlich, mit wie wenig Grund wir uns darauf verlassen können, wenn wir ein so kurzes, so schwaches und schlüpfriges Glied zu fassen bekommen; und wer also die Menschheit festhalten möchte, der muss zu andern Methoden greifen. Wenn wir nun aber die menschliche Natur mit der genügenden Umsicht untersuchen, so werden wir mehrere Handhaben finden, von denen die sechs Sinne (einschliesslich dessen Scaligers) jeder eine geben, und ferner noch eine grosse Anzahl, die an die Leidenschaften festgeschraubt, und einige wenige, die mit dem Intellekt vernietet sind. Unter den letztern bietet die Neugier von allen den festesten Halt: die Neugier, jener Sporn in der Flanke, jener Zügel im Munde, jener Ring in der Nase des faulen und ungeduldigen und des brummenden Lesers. An dieser Handhabe sollte der Autor den Leser packen, und ist ihm das einmal gelungen, so ist aller Widerstand und alles Ringen vergeblich, und er wird sein Gefangener, wird sklavisch, wie er nur will, bis jenen Ermüdung oder Langeweile zwingen, den Griff zu lockern.

Und daher sehe ich, der Verfasser dieses wunderhaften Traktats, nachdem ich bisher über Erwarten lange meinen freundlichen Leser an besagter Handhabe festgehalten habe – daher sehe ich mich wider Willen gezwungen, jetzt meinen Griff zu lockern und ihn bei der Lektüre dessen, was noch übrig bleibt, jener natürlichen Schlaftrunkenheit zu überlassen, die dem ganzen Geschlecht eingeboren ist. Ich kann dir nur zu unser beider Trost versichern, höflicher Leser, dass ich eben so traurig bin wie du, traurig über das Missgeschick, dass ich den Rest dieser Denkschrift verloren oder unter meinen Papieren verlegt habe; er bestand aus zugleich neuen, angenehmen und überraschenden Zufällen, Wendungen und Abenteuern; und daher war er in jeder Hinsicht für den feinen Geschmack unsrer edlen Zeit berechnet. Aber ach, trotz meiner grössten Anstrengungen wollten mir nur ein paar der Kapitel wieder einfallen. Es war darunter ein ausführlicher Bericht, wie Peter sich vom Oberhofgericht einen Schutzbrief verschaffte; ferner ein Bericht über die Versöhnung zwischen Jakob und ihm, veranlasst durch ihre Absicht, ihren Bruder Martin in ein Arresthaus zu locken und dort bis auf die Haut auszuziehen. Martin aber zeigte ihnen funkelnagelneues Fersengeld. Dann kam ein neuer Verhaftsbefehl wider Peter heraus, und Jakob liess ihn im Stich, stahl ihm seinen Schutzbrief und benutzte ihn für sich selber. Jakobs Lumpen wurden Mode am Hof und in der Stadt, und er setzte sich auf ein hohes Pferd und ass Eierrahm. Aber die Einzelheiten all dieser Ereignisse, die meinem Gedächtnis entschlüpft sind, bleiben hoffnungslos verloren. Und indem ich es meinen Lesern überlasse, sich gegenseitig ob dieses Missgeschicks ihr Beileid auszusprechen, soweit sich das mit ihrer jeweiligen Konstitution verträgt, sie jedoch zugleich bei der ganzen Freundschaft, die sich vom Titelblatt an bis zu dieser Seite zwischen uns ergeben hat, beschwöre, nicht so weit zu gehn, dass sie sich ob eines Unfalls, an dem nichts mehr zu ändern ist, an ihrer Gesundheit schädigen, mache ich mich jetzt an die zeremonielle Aufgabe eines vollendeten Schriftstellers, die also auch ein höfischer Moderner von allen am wenigsten übergehen darf.

Der Schluss.

Zu lange Schwangerschaft ist eine ebenso wirksame, wenn auch nicht so häufige Ursache von Fehlgeburten wie zu kurze Schwangerschaft; das trifft ganz besonders für die Wehen des Gehirns zu. Wohl gehe es dem Herzen jenes edlen Jesuiten, der es zuerst wagte, im Druck zu bekennen, dass die Bücher wie die Kleider und die Kost und die Vergnügungen ihren verschiedenen Jahreszeiten angepasst werden müssen; und besser noch ergehe es unsrer edlen Nation, die weil sie unter andern französischen Moden auch diese noch feiner ausbaute. Ich werde die Zeit noch erleben, da ein Buch, das seinen Zeitpunkt verfehlt, so wenig beachtet werden wird wie der Mond bei Tage oder wie Makrelen eine Woche noch ihrer Zeit. Nun hat niemand unser Klima genauer beobachtet als der Verleger, der das Manuskript dieses Werks gekauft hat. Er weiss bis aufs Tüpfelchen, was für Themen in einem trockenen Jahr abgehn, und welche man vorrücken muss, wenn das Wetterglas auf viel Regen gefallen ist. Als er diesen Traktat gesehn und den Almanach darüber um Rat gefragt hatte, gab er mir zu verstehn, dass er offenbar die beiden wichtigsten Dinge erwogen hätte, nämlich Umfang und Thema; und er habe gefunden, dass es nur nach langer Ruhezeit einschlagen würde, und auch dann nur, wenn es in ein Jahr fallen sollte, in dem die Rüben schlecht gedeihen. Daraufhin wünschte ich in Anbetracht meiner drängenden Nöte zu wissen, was in diesem Monat annehmbar sein mochte. Er schaute nach Westen aus und sagte: „Ich glaube, wir werden eine Zeit schlechten Wetters bekommen. Wenn Sie aber einen hübschen kleinen Ulk schreiben könnten (aber nicht in Versen) oder einen kleinen Traktat über den … das würde gehn wie das griechische Feuer. Wenn das Wetter sich aber hält, so habe ich schon einen Autor gedungen, um etwas wider Doktor Bentley zu schreiben, was sich, davon bin ich überzeugt, lohnen wird.“

Schliesslich verfielen wir auf diesen Ausweg. Wenn irgendein Kunde kommt und eins dieser Werke verlangt und im Vertrauen nach dem Namen des Verfassers fragt, so soll er ihm vertraulich als einem Freund eben den Mann von Geist nennen, der in der betreffenden Woche gerade Anklang findet; und wenn Durfeys letztes Schauspiel eben „geht“, so soll er mir ebenso lieb sein wie Congreve. Ich erwähne dies, weil ich wundervoll genau mit dem gegenwärtigen Gelüst der höflichen Leser bekannt bin und oft zu meinem besondern Vergnügen bemerkt habe, dass eine Fliege, die man von einem Honigtopf vertreibt, mit sehr gutem Appetit auf einen Kothaufen fliegt und ihre Mahlzeit in Exkrementen beschliesst.

Ein Wort habe ich noch über die tiefen Schriftsteller zu sagen, die letzthin so zahlreich geworden sind; und ich weiss sehr genau, dass die urteilsfähige Welt auch mich unter ihre Zahl einreihen wird. Ich denke mir also, was das Tiefsein angeht, so ist es da mit den Schriftstellern wie mit den Brunnen – wer gute Augen hat, kann dem tiefsten auf den Grund sehn, wenn nur Wasser darin ist; oft aber, wenn auf dem Boden nichts liegt als Schmutz und Dürre, und befinde sich dieser Boden auch nur anderthalb Ellen unter der Erde, so wird das Loch aus keinem andern Grunde für wunderbar tief gelten, als weil es wunderbar dunkel ist.

Ich versuche eben jetzt ein Experiment, das unter modernen Autoren ausserordentlich häufig ist; es besteht darin, über nichts zu schreiben; wenn das Thema völlig erschöpft ist, so lasse man die Feder ruhig weiter gleiten; manche nennen das das Gespenst des Witzes, das voller Entzücken noch umgeht, wenn sein Leib schon tot ist. Und die Wahrheit zu sagen, so scheint keine Wissenschaft in wenigen Händen zu ruhn als die der Erkenntnis, wann man aufhören muss. Bis ein Autor sein Buch zu Ende geschrieben hat, sind er und seine Leser alte Bekannte geworden, und es wird ihnen schwer, sich zu trennen; ich habe daher bisweilen erkannt, dass es beim Schreiben ist, wie wenn man Besuche macht; da nimmt die Zeremonie des Abschiednehmens mehr Zeit in Anspruch als die ganze Unterhaltung zuvor. Der Schluss eines Buches gleicht dem Schluss eines menschlichen Lebens, das bisweilen mit dem Ende eines Festes verglichen worden ist, von dem nur wenige gern aufbrechen, ut plenus vitae conviva. Denn die Menschen setzen sich selbst nach der reichlichsten Mahlzeit noch einmal, und wäre es auch nur, um in halbem Schlummer die Zeit zu vertrödeln oder den Rest des Tages zu verschlafen. In diesem letzten aber unterscheide ich mich ausserordentlich stark von andern Schriftstellern, und ich werde nur zu stolz sein, wenn ich durch all meine Mühen irgendwie dazu habe beitragen können, in so aufrührerischen und unruhigen Zeiten die Menschheit zu beruhigen. Auch halte ich eine solche Aufgabe nicht für des Amtes eines Mannes von Geist so unwürdig, wie manche es wohl annehmen möchten. In einer sehr gebildeten Nation Griechenlands wurden dem Schlaf und den Musen die gleichen Tempel erbaut und geweiht; und das Volk glaubte, dass zwischen den beiden Gottheiten die engste Freundschaft bestände.

Ich habe zum Schluss meinen Leser noch um eine Gunst zu bitten; er möge nicht erwarten, durch jede Zeile oder jede Seite dieser Abhandlung in gleichem Masse unterhalten und belehrt zu werden, sondern einige Nachsicht mit des Verfassers Hypochondrie und mit seinen Anfällen oder Intervallen der Langeweile haben, genau wie mit seinen eigenen; er möge ernsthaft sein Gewissen prüfen, ob er es, wenn er bei schmutzigem Wetter an einem regnichten Tage ausginge, für recht halten würde, dass Leute, die behaglich in ihren Fenstern lägen, seinen Gang kritisierten und unter diesen Umständen seine Kleidung lächerlich machten.

In meiner Verteilung der Ämter im Gehirn habe ich es für angebracht gehalten, die Erfindungsgabe zur Herrin zu machen, während die Methode und die Vernunft die Stellung von Lakaien inne hatten. Der Grund dieser Verteilung war die Beobachtung, dass ich in meinem besondern Fall oft in Versuchung war, witzig zu werden, wo ich weder klug, noch verständig, noch irgend etwas sonst sein könnte, was zur Sache gehört. Ich bin aber zu sehr Sklave der modernen Art, um derlei Gelegenheiten zu versäumen, wie schwer es mir auch werde und welche Ungeschicklichkeiten ich auch begehen muss, um sie einzuflechten. Denn ich habe beobachtet, dass es mir nicht gelingen wollte, aus einer mühsam hergestellten Sammlung von siebenhundertundachtunddreissig Blüten und glänzenden Anspielungen aus den besten modernen Autoren, die ich unter grosser Lektüre in mein Gemeinplatzsammelbuch hinein verdaut habe, jetzt nach fünf Jahren mehr als ein Dutzend in irgend eine Unterhaltung hinein zu ziehen, hinein zu schmuggeln oder hinein zu schwingen. Von welchem Dutzend die eine Hälfte ohne Erfolg blieb, weil sie unter ungeeignete Gesellschaft fiel; während es mich so viel Anstrengungen, Fallen und Umwege kostete, die andere Hälfte einzuführen, dass ich schliesslich beschloss, es aufzugeben. Nun muss ich gestehn (um ein Geheimnis zu enthüllen), dass eben diese Enttäuschung mich zuerst trieb, mich als Autor aufzutun; und ich habe seither unter einigen vertrauten Freunden gefunden, dass diese Klage sehr allgemein geworden ist und noch auf viele andre die gleiche Wirkung gehabt hat. Ich habe bemerkt, dass manches treffende Wort in der Unterhaltung völlig vernachlässigt oder verschmäht wurde, aber nach seiner Beförderung und Sanktion durch den Druck sehr glatt einige Achtung und einiges Ansehn fand. Da ich nun aber durch die Freiheit und Ermutigung der Presse zum absoluten Herrn der Anlässe und Gelegenheiten geworden bin, bei denen ich die erworbenen Talente entfalten kann, so entdecke ich bereits, dass die Lieferungen meiner observanda für die Aufnahmegelegenheiten zu gross zu werden beginnen. Deshalb werde ich hier eine Weile inne halten, bis ich durch das Betasten des Pulses der Welt und meines eigenen erkenne, dass es für uns beide zur absoluten Notwendigkeit wird, wieder zur Feder zu greifen.

Die Geschichte Martins.

Berichtet über eine Trennung von Jakob und ihre getrennte Niederlassung, die sie zwang zu reisen, so dass ihnen viel Unheil begegnete und sie in der Nähe von Peters Wohnsitz kein Obdach mehr fanden; Martins Erfolg im Norden; Peter donnert wider Martin, weil ihm durch ihn die grossen Einkünfte verloren gehen, die er von dorther zu beziehen pflegte; Heinrich Grossmaul schickt Martin eine Herausforderung zum Kampf, die er annimmt; Peter belohnt Heinrich für den angeblichen Sieg, was Heinrich ermutigt, nun auch Peter ins Bockshorn zu jagen; nebst vielen andern ausserordentlichen Abenteuern besagten Martins an verschiedenen Orten und mit vielen hervorragenden Persönlichkeiten.

Mit einer Abschweifung über das Wesen, den Nutzen und die Notwendigkeit der Kriege und Streitigkeiten.

Wie Jakob und Martin sich nach ihrer Trennung jeder für sich niederliessen. Wie sie über Hügel und Tal hinwanderten, vielerlei Unheil erlebten, viel für die gute Sache duldeten und mit Not und Mühsal rangen, da sie nicht hatten, wohin sie ihr Haupt legen sollten; durch all das bewiesen sie später, dass sie ihres Vaters rechte Söhne wären, Peter aber untergeschoben. Da sie in der Nähe von Peters Wohnsitz kein Obdach fanden, so reiste Martin nach Norden, und da er die Thüringer und die Nachbarvölker zu einem Wechsel bereit fand, so nahm er seinen ersten Aufenthalt unter ihnen; und da er es dort zu seiner Aufgabe machte, Peters Pulver, Pflaster, Salben und Tränke herunterzureissen, die er lange um teuren Preis verkauft hatte, ohne Martin von seinem Gewinnst etwas abzugeben, obwohl er ihn oft benutzt hatte, um sie zu empfehlen und herauszustreichen, so begannen die guten Leute, die ihre Groschen gern sparen wollten, auf Martins Reden zu hören. Mehrere grosse Herren griffen das auf und erklärten sich aus demselben Grunde für Martin; besonders einer, der an einem Weibe nicht genug hatte und ein zweites heiraten wollte; da er aber wusste, dass Peter dergleichen Erlaubnisscheine nur um einen ungeheuren Preis verkaufte, so schloss er einen Handel mit Martin ab, den er umgänglicher fand und der ihm versicherte, er habe gleichfalls die Macht, dergleichen Dinge zu erlauben. Nun entzogen die meisten der Herren des Nordens aus privaten Gründen sich und alle, die von ihnen abhängig waren, Peters Macht und schlossen sich Martin an. Peter donnerte in seiner Wut über den Verlust so grosser Gebiete und also auch so grosser Einkünfte wider Martin und schickte die stärksten und furchtbarsten seiner Bullen aus, um ihn zu verschlingen; da aber dies nicht wirkte und Martin sich kühn und gewandt verteidigte, so erliess Peter schliesslich Proklamationen, die Martin und all seine Anhänger zu Rebellen und Verrätern erklärten und all seine getreuen Untertanen ersuchten und aufforderten, zu den Waffen zu greifen und sie alle zu erschlagen, zu verbrennen und zu vernichten; wobei er hohe

Belohnungen usw. versprach, so dass blutige Kriege und viel Verzweiflung folgten.

Nun schickte Heinrich Grossmaul, der Herr von Albion, einer der ärgsten Prahlhänse seiner Zeit, Martin eine Herausforderung zum Kampf auf einer Bühne, und zwar zum Kampf mit Knittel, Stock, Haudegen usw. Das der Ursprung jener feinen Sitte des Preisboxens, die unter diesen gebildeten Insulanern bis auf den heutigen Tag so allgemein bekannt ist und geübt wird, obwohl sie überall sonst unbekannt blieb. Martin aber war ein verwegener, ungestümer Bursche und nahm die Herausforderung an. Sie trafen zusammen und fochten zur grossen Belustigung der Zuschauer; und nachdem sie einander die Köpfe zerbrochen und sich viele blutige Wunden und Beulen beigebracht hatten, zogen sie beide als Sieger ab; diesem Beispiel sind seither oft die grössten Gelehrten und andere Leute gefolgt. Martins Freunde zollten seinem Siege Beifall; Herrn Heinrichs Freunde machten ihm aus demselben Grunde Komplimente; besonders tat das Herr Peter, der ihm eine schöne Feder für seine Mütze schenkte, die er und seine Nachfolger als ewiges Andenken an seine kühne Verteidigung der Sache des Herrn Peter tragen sollten. Heinrich, den sein angeblicher Sieg über Martin aufblähte, begann auch Peter ins Bockshorn zu jagen, und schliesslich zankte er sich ganz offen mit ihm um eine Dirne. Ein paar der Gefolgsmannen Heinrichs, die jeden Wechsel willkommen hiessen, begannen von Martin freundlich zu reden, wofür er sie gründlich verprügelte; wie er es übrigens auch mit denen machte, die zu Peter hielten. Einzelne verjagte er von Haus und Hof, andre liess er hängen oder verbrennen usw.

Nach langem Prahlen, Huren und Bramarbasieren starb Heinrich Grossmaul; ihm folgte ein gutmütiger Knabe, der dem allgemeinen Wunsch seiner Gefolgsleute nachgab und erlaubte, dass Martins Anschauungen sich überall ausbreiteten und in Albion tiefe Wurzel schlugen. Nach seinem Tode fiel sein Gut einer Dame in die Hände, die in den Herrn Peter heftig verliebt war. Sie säuberte das ganze Land mit Feuer und Schwert und beschloss, von Martin weder Namen noch Erinnerung übrig zu lassen. Peter triumphierte und tat von neuem Läden zum Verkauf seiner Pulver, Pflaster und Salben auf, die jetzt die einzig wahren genannt wurden, während man die Martins alle für Fälschungen erklärte. Grosse Scharen der Freunde Martins verliessen das Land und wurden, als sie in fremden Ländern hin und wieder reisten, mit vielen Anhängern Jakobs bekannt, und viele ihrer Anschauungen und Sitten gefielen ihnen sehr. Sie brachten sie später mit nach Albion, das nun unter einer andern Gutsherrin stand, die massvoller und schlauer war als die frühere, ihre ältere Schwester. Sie versuchte, sowohl mit Peter wie mit Martin Freundschaft zu halten, und schwankte eine Weile zwischen den beiden, während sie zugleich viele von Jakobs Anhängern ermutigte und unterstützte; da sie aber keine Möglichkeit fand, die drei Brüder miteinander zu versöhnen, weil jeder Herr sein und nie erlauben wollte, dass andre Salben, Pulver oder Pflaster verkauft wurden als seine eignen, so schickte sie alle drei fort und errichtete einen Laden für die Leute ihres Guts, den sie mit Pulvern, Pflastern, Salben und allen andern Medizinen wohl versah, nachdem sie sie recht und gut nach den Rezepten selbsternannter Ärzte und Apotheker hatte herstellen lassen; die Rezepte entnahmen sie den Rezeptbüchern Peters, Martins und Jakobs zugleich, und aus dieser Mischung oder diesem Mischmasch stellten sie eine eigne Arzneiliste zusammen, indem sie verboten, dass irgendwelche andern und vor allem, dass die Peters benutzt würden, dem doch der grössere Teil dieser neuen Arzneien gestohlen worden war. Um aber diesen Wandel ferner zu befestigen, degradierte die Dame, darin klugerweise ihrem Vater folgend, Peter von dem Rang eines ältesten Bruders, auf den er Anspruch machte; und sie erklärte sich selber an seiner Stelle als Haupt der Familie und trug hinfort ihres Vaters alte Mütze mit der schönen Feder, die er von Peter erhalten hatte, weil er zu ihm stand. Und seither ist sie nicht ohne absichtliches Prunken bis auf den heutigen Tag von all ihren Nachfolgern getragen worden, obwohl sie Peters erklärte Feinde waren. Als aber Dame Bess und ihre Ärzte von vielen Mängeln und Unvollkommenheiten in ihrer neuen gemischten Arzneiliste vernahmen, entschlossen sie sich zu einer weiteren Änderung; sie wollten die Liste vor allem von einem grossen Teil dessen säubern, was noch von Peters Schund darin war; doch hinderte der Tod der Dame sie daran. Ihr folgte ein Gutsherr aus dem

Norden, der sich grossen Geschicks in der Verwaltung von Gütern rühmte, obwohl er nicht einmal seinen eignen kleinen Bauernhof hatte leiten können; und als er dieses grosse Gut erhielt, konnte er auch da nichts ausrichten. Um seine Tapferkeit und seine Gewandtheit zu zeigen, kämpfte dieser neue Gutsherr wider Zauberer, Kräuter, Riesen und Windmühlen, und er verlangte grosse Ehren für seine Siege, obwohl er sich oft besch..., wenn gar keine Gefahr vorhanden war. Sein Nachfolger war nicht klüger als er und veranlasste grosse Wirren durch die neuen Methoden der Bewirtschaftung seines Guts. Er versuchte, auf seinem nördlichen Bauernhof dieselbe Arzneiliste einzuführen, die auf dem Gut im Süden benutzt wurde, aber das misslang; denn dort oben hatten Jakobs Pulver, Pillen, Salben und Pflaster grossen Anklang gefunden.

Der Verfasser ist in grosser Verlegenheit, weil er in diese Geschichte eine neue Sekte eingeführt hat, die sich von den dreien, die zu behandeln er unternommen hatte, unterscheidet; seine unverletzliche Ehrfurcht vor der Zahl Drei zwingt ihn, diese vier wieder auf die gleiche Zahl zu beschränken, wie er es mit allen Dingen zu tun gedenkt; zu dem Zweck lässt er den einstigen Martin fallen und setzt an seine Stelle die Einrichtung der Dame Bess, die in der Folge dieser wahrhaften Geschichte unter dem Namen Martins umlaufen soll. Da nun dieser wichtige Punkt geklärt ist, so fährt der Verfasser fort und schildert gewaltige Streitigkeiten zwischen Jakob und Martin: Zur grossen Verzweiflung beider Güter hatte bald der eine die Oberhand und bald der andre, bis schliesslich beide Seiten dahin übereinkamen, den Gutsherrn, der tat, als sei sein Tod ein Martyrium für Martin, aufzuhängen; in Wahrheit war er keiner der beiden Seiten wirklich treu gewesen, und viele hatten ihn in Verdacht, sehr an Peter zu hängen.

Eine Abschweifung über das Wesen, den Nutzen und die Notwendigkeit der Kriege und Streitigkeiten.

Da dies ein Thema von grosser Wichtigkeit ist, so gedenkt der Verfasser es methodisch und ausführlich in einer getrennten Abhandlung zu erörtern und hier nur einige Andeutungen über das zu geben, was dieser grosse Traktat enthalten wird. Der Kriegszustand ist allen Geschöpfen natürlich. Der Krieg ist ein Versuch, andern gewaltsam einen Teil dessen zu nehmen, was sie haben und was uns fehlt. Jedermann, der sich seines eignen Verdienstes vollauf bewusst ist, aber sieht, dass es von andern nicht genügend beachtet wird, hat von Natur das Recht, den andern alles zu nehmen, was, wie er meint, ihm gebührt; und jedes Geschöpf, das sieht, wie seine eigenen Bedürfnisse diejenigen der andern übersteigen, hat gleichfalls das Recht, sich alles zu nehmen, was seine Natur verlangt, Tiere sind viel bescheidener in ihren Ansprüchen dieser Art als Menschen und geringe Menschen bescheidener als grosse. Je höher einer seine Ansprüche hinaufschraubt, um so mehr Geschrei erhebt er darum; und je mehr Erfolg er hat, ein um so grösserer Held ist er. So beanspruchen grössere Seelen im Verhältnis zu ihrem überlegenen Verdienst auch ein grösseres Recht, geringeren Leuten alles zu nehmen. Dies die wahre Grundlage der Grösse und des Heroismus und des Gradunterschiedes unter den Menschen. Der Krieg also nötig, um Subordination zu erzwingen, Städte, Reiche usw. zu gründen, und ferner, um politische Gebilde von schlechten Säften zu befreien. Kluge Fürsten erkennen die Notwendigkeit, im Ausland Kriege zu führen, um im Innern Ruhe zu haben. Krieg, Hungersnot und Seuchen die gewöhnliche Kur für Korruption in politischen Gebilden. Vergleich zwischen den dreien. Der Verfasser will auf jedes dieser Mittel einen Panegyrikus schreiben. Der grössere Teil dieser Menschheit liebt den Krieg mehr als den Frieden. Nur wenige Feiglinge leben mit allen Menschen im Frieden. Die Bescheidenen und Demütigen jeder Art stets die Beute derer von edleren oder stärkeren Gelüsten. Die Neigung zum Kriege allgemein. Wer nicht selbst Krieg führen kann oder es zu tun nicht wagt, benutzt andre dazu. Davon leben Eisenfresser, Bravos, Halsabschneider, Anwälte und Soldaten. Die meisten Berufe wären zwecklos, wenn alle friedlich wären. Daher brauchen die Tiere weder Schmiede noch Anwälte, weder Behörden noch Schreiner, weder Soldaten noch Wundärzte. Da die Tiere nur eng begrenzte Gelüste haben, sind sie ausserstande, gegen ihre eigene Gattung dauernde Kriege zu führen oder sich in Truppen und Scharen hinausführen zu lassen, um einander zu vernichten. Diese Vorrechte gehören nur dem Menschen an. Die Überlegenheit der menschlichen Natur wird erwiesen durch die ungeheure Reihe von Gelüsten, Leidenschaften, Bedürfnissen usw., die ihr eigen sind. Das des genaueren auseinanderzusetzen in des Verfassers Panegyrikus auf die Menschheit.

Fortsetzung der Geschichte Martins.

Als nun Jakob den alten Gutsherrn losgeworden war, setzte er einen andern nach seinem Sinne ein; er zankte sich mit Martin und warf ihn zur Tür hinaus. Er plünderte all seine Läden und hob die ganze Arzneiliste auf. Der neue Gutsherr schlug um sich, verprügelte Peter, verfolgte Martin und jagte der ganzen Nachbarschaft ein Zittern durch die Glieder. Jakobs Freunde entzweiten sich unter einander, spalteten sich in tausend Parteien und warfen alles kopfüber kopfunter durcheinander, bis jedermann ihrer müde wurde; und als schliesslich der Prahlhans und Gutsherr starb, wurde Jakob zur Tür hinausgeworfen und Martin wieder hereingerufen, indem man einen neuen Gutsherrn ernannte. Dieser neue Gutsherr liess Martin tun, was er wollte, und Martin willigte in alles, was dieser fromme Gutsherr wünschte, wenn nur Jakob machtlos blieb. Jakob machte allerlei Anstrengungen, den Kopf zu heben, aber vergebens; bis schliesslich der Gutsherr starb und ein anderer ihm folgte, der ein grosser Freund Peters war und Jakob einige Freiheit gewährte, um Martin dadurch zu demütigen. Martin geriet darüber in Wut, rief einen Fremdling ins Land, und warf den Gutsherrn hinaus; Jakob half Martin dabei, weil dieser Gutsherr Peter völlig ergeben war, dem er sich denn auch in die Arme warf, als er das Land verliess. Der neue Gutsherr bestätigte Martin im vollen Besitz seiner früheren Rechte, doch wollte er ihm nicht erlauben, Jakob zu vernichten, da der stets sein Freund gewesen war. Jakob erhob den Kopf im Norden und ergriff von einer ganzen Provinz Besitz, sehr zu Martins Unzufriedenheit. Als nun Martin fand, dass man einigen der Freunde Jakobs erlaubte, auch in den südlichen Teilen des Landes zu leben und sich ihr Brot zu verdienen, wurde er mit dem neuen Gutsherrn, den er zu seiner Hilfe herbeigerufen hatte, sehr unzufrieden. Der Gutsherr aber zwang Martin, Frieden zu halten, worauf der einem Wutfieber verfiel und schwor, er würde sich aufhängen oder sich Peter anschliessen, wenn nicht Jakobs Kinder alle hinausgestossen würden, damit sie verhungerten. Es wurden mehrere Versuche gemacht, Martin zu heilen und zwischen ihm und Jakob Frieden zu stiften, damit sie sich wider Peter verbündeten; aber alle Versuche scheiterten an der grossen Gewandtheit einer Anzahl der Freunde Peters, die sich unter die Martins mischten und scheinbar am eifrigsten für seine Interessen kämpften. Als Martin in diesem Wahnsinnsanfall das Haus verliess, sah er in seinem Wesen und seiner Kleidung so sehr Peter gleich, und er redete so vollkommen wie er, dass viele der Nachbarn den einen nicht mehr vom andern unterscheiden konnten; zumal als Martin in Peters Rüstung auf und nieder stelzte; denn die hatte er sich geliehen, um Jakob zu bekämpfen. Die Mittel, die angewandt wurden, um Martin von seiner Krankheit zu heilen ...

Da der Verfasser hier von einem Stumpfsinnsanfall ergriffen wurde (solchen Anfällen ist er stark ausgesetzt) – und zwar, nachdem er eine poetische Epistel an... gelesen hatte), beruhigte das seine Sinne so sehr, dass er seither nicht eine Zeile mehr geschrieben hat.

NB. Einiges, was jetzt noch folgt, steht nicht mehr im Manuskript, scheint aber seither geschrieben worden zu sein, um den Raum dessen auszufüllen, was damals für den Druck nicht geeignet schien.

Ein Plan zum allgemeinen Wohl der Menschheit.

Nachdem der Verfasser sich so lange abgemüht und so viel getan hat, um der Allgemeinheit zu nützen und sie zu unterrichten, und zwar ohne irgendwelchen Vorteil für sich selber, ist ihm schliesslich ein Projekt eingefallen, das der ganzen Menschheit Nutzen bringen und dem Verfasser ein hübsches Einkommen sichern wird. Er gedenkt gegen Subskription in 96 starken Foliobänden eine genaue Schilderung der

Terra Australis incognita zu drucken, die mit grosser Sorgfalt und viel Mühe aus 999 gelehrten und frommen Autoren von unzweifelhafter Wahrhaftigkeit gesammelt wurde. Das ganze Werk, das mit Karten und Stichen, wie sie zu dem Thema passen und von den besten Meistern hergestellt sind, illustriert werden wird, soll die Subskribenten nur eine Guinee für jeden Band kosten; eine Guinee wird im voraus gezahlt und dann bei Empfang jeden weiteren Bandes bis auf den letzten wieder je eine Guinee. Dieses Werk wird für alle Menschen von grossem Nutzen sein, ja, für alle Familien geradezu notwendig, denn es enthält genaue Berichte über alle Provinzen, Kolonien und Schlösser jenes geräumigen Landes, in das durch einen allgemeinen Rechtsspruch alle Übertreter der Gesetze zu überführen sind; und jeder, der dieses Werk besitzt, kann sich den geeignetsten und besten Platz aussuchen, da für alle Raum genug ist, so dass jeder vollkommen zufriedengestellt wird.

Der Verfasser nimmt an, dass für jede Pfarrkirche in den drei Königreichen und in allen Gebieten, die zu ihnen gehören, je ein Exemplar auf Staatskosten oder aus den Gemeindesteuern erstanden werden wird, und dass auch jede Familie, die im Jahr über zehn Pfund verfügen kann, und müsste sie sich auch in weniger notwendigen Ausgaben einschränken, auf eins subskribiert. Er denkt nicht mehr als neun Bände jährlich herauszugeben; und in Anbetracht der erforderlichen Anzahl gedenkt er die erste Auflage in einer Höhe von mindestens 100 000 zu drucken. Zum nächsten Quartal wird er die Prospekte nebst einer Probe und einer merkwürdigen Landkarte der Hauptstadt mit ihren zwölf Toren herstellen; sie stammt von einem bekannten Autor, der im Traum einen genauen Abriss von ihr aufnahm. In Anbetracht der grossen Sorgfalt und Mühewaltung des Verfassers und der Nützlichkeit des Werks hofft er, dass jedermann zu seinem eigenen Wohl wie auch zu dem des Verfassers bereit sein werde, freudig das Seine beizutragen, ohne dass er ihm den Gewinn missgönnt, den er vielleicht dabei haben wird, zumal wenn es, wie er in Bälde erwartet, zu einer dritten oder vierten Auflage kommt.

Er zweifelt nicht daran, dass es von den meisten Nationen Europas wie auch Asiens und Afrikas in fremde Sprachen übersetzt werden wird, denn es wird für all diese Länder von ebensoviel Nutzen sein wie für sein eigenes. Aus diesem Grunde gedenkt er sich von all den verschiedenen Fürsten und Staaten Freibriefe und Privilegien zu verschaffen, die ihm selber den ganzen Gewinn sichern, und er hofft, in diesen verschiedenen Ländern und Sprachen noch vor seinem Tode viele Millionen Exemplare seines grossen Werks gedruckt zu sehn.

Wenn dieses Geschäft dann einigermassen im Gange ist, so hat er versprochen, einen Freund in einem andern Projekt zu lancieren, das fast ebenso gut ist, indem er überall Versicherungsämter errichtet, um die Leute gegen Schiffbruch und andre Unfälle zu versichern, wenn sie sich auf die Seefahrt nach jenem Lande machen. Diese Ämter sollen auch gegen bestimmte Gebühren Lotsen zur Verfügung stellen, die mit dem Weg genau vertraut sind und alle Felsen, Sandbänke und Flugsandwolken kennen, wie sie solchen Pilgern und Reisenden Gefahren bringen. Solcher Leute kennt der Verfasser in den meisten Ländern eine grosse Zahl; aber den ganzen Plan soll er erst noch ausführlich entwerfen, um ihn dann seinem Freunde mitzuteilen.